소녀, 히틀러에게 이름을 빼앗기다

소녀,
히틀러에게
이름을 빼앗기다

마샤 포르추크 스크리푸치 글

백현주 옮김

천개의바람

차례

1장
1950년, 출발

내가 '엄마'라고 부르는 아줌마는 뱃멀미를 심하게 했다. 배를 타고 가는 내내 비닐봉지를 목에 두르고 있었다. 내가 '아빠'라고 부르던 아저씨는 일 년 먼저 캐나다로 떠났다. 캐나다 이곳저곳에서 일하면서 우리가 살 만한 장소를 찾는다고 했다. 그리고 얼마 전, 온타리오 주 브랜트퍼드로 정했다고 편지가 왔다. 이유는 나무가 많고 우크라이나 교회가 두 개나 있기 때문이라고. 아저씨는 집 근처 공장에 일자리를 얻었고, 이제는 우리가 함께 살 수 있게 되었다고도 했다.

마루시아 아줌마는 뱃멀미 때문에 몸이 좋지 않아서 갑판 아래 짐칸에 누워 있어야 했다. 나는 아줌마가 잠들 때까지 얌전히 기다렸다. 시간이 오래 걸렸지만 괜찮았다. 잠시 뒤, 나는 갑판 위로 올라가서 난간에 몸을 기댄 채 소용돌이치는 바다를 바라보았다. 그러다가 나도 모르게 갑판 끝에 걸터앉아 바람을 느끼며 다리를 까딱거렸다.

선원 한 명이 소리를 치며 달려오더니 나를 들어 올려 바닥에 내려놓았다. 선원은 우크라이나 어, 이디시 어(독일어에 히브리 어, 슬라브 어 등이 섞여서 만들어진 언어-옮긴이), 독일어, 러시아 어가 아닌 처음 듣는 말로 고함을 질렀다. 영어도 아니었다. 위험하게 갑판 위에 앉아 있다니 정신이 나갔느냐고 말하는 것 같았다. 다행히 화난 것 같지는 않았다.

선원이 돌아가고, 나는 다시 혼자가 되었다. 자유란 이런 걸까.

배가 핼리팩스 항구에 도착했다. 나는 마루시아 아줌마를 따라 흔들리는 판자들을 딛고 배에서 내렸다. 배를 너무 오래 타서 땅을 디뎠을 때, 땅이 출렁이는 것 같았다. 나는 넘어지지 않도록 기둥을 붙잡았다. 마루시아 아줌마도 다리가 후들거렸다. 하지만 기둥을 붙잡지 못해서 내가 손을 붙잡아 주었다.

우리는 길고 구불거리는 줄 끝에 섰다. 줄 앞에는 제복을 입은 남자가 배에서 내린 이민자들을 심사하고 있었다. 나는 덜컥 겁이 났다.

나에게 어떤 질문을 할까. 나는 뭐라고 답해야 할까.

마루시아 아줌마는 맞잡은 내 손에 꽉 힘을 주었다.

"나를 엄마라고 부르는 걸 잊지 마."

우리 차례가 되었다. 남자가 서류를 보더니 내 눈높이에 맞춰 허리를 구부렸다. 주름진 얼굴은 친절해 보이지만 제복을 입고 있어서 무서웠다. 남자는 나에게 우크라이나 어로 인사를 건넸다.

"나디아, 캐나다에 온 것을 환영한다. 이곳에 와서 좋으니?"

나는 거짓말을 하고 싶지 않아서 아무 대답도 하지 않았다. 대신 눈물이 흘러내렸다. 오 년 만에 끔찍한 난민 캠프에서 드디어 벗어나게 된 것이 감격스러웠다. 내 과거로부터 멀리 떨어진 캐나다에서 살게 된 것이 기쁘기도 했다. 물론 과거에 대해서 생각해야 할 것들이 많이 남아 있긴 했지만.

남자는 내 머리카락을 유심히 살펴보았다. 그리고 마루시아 아줌마에게 우리가 전쟁 전에 어디에 살았는지, 그곳에서 무슨 일을 했는지 물었다. 아줌마는 늘 쉽게 거짓말을 했다. 남자는 유엔에서 발행해 준 기차표를 보여 달라고 했다. 마루시아 아줌마는 기차표를 빼앗길까 봐 끝을 꼭 잡은 채로 보여 주었다. 하지만 남자는 기차표를 낚아채서 주의 깊게 살폈다. 그러고는 서류에 도장을 찍어서 기차표와 함께 돌려주었다. 아줌마는 떨리는 손으로 서류와 기차표를 접어서 블라우스 단추를 열고 브래지어 속에 넣었다. 남자는 지폐도 함께 건넸다.

"캐나다 돈으로 5달러예요. 음식을 사는 데 쓰세요."

항구는 우리처럼 전쟁 때문에 나라와 고향을 잃은 사람들로 가득했다. 노점상들은 음식을 하나라도 더 팔기 위해서 우유, 사과, 빵 등을 외쳐 댔다. 아줌마와 나는 난민 캠프에서 영어를 조금 배웠기 때문에 몇몇 단어들은 알아들을 수 있었다.

우리는 고기 샌드위치와 우유를 사려고 했지만 샌드위치를 영어로 말할 줄 몰랐다. 우크라이나 어를 알아듣는 노점상을 찾았지만 너무 비쌌다. 갈 길이 아직 멀기 때문에 돈을 아껴 써야 했다. 나는 배고프고, 목마르고, 더워서 죽을 것 같았다. 하지만 안전한 곳에 있다는 느낌이 큰 위안을 주었다.

"저기 먹을 게 있는 것 같아요."

나는 창문에 통조림을 피라미드처럼 쌓아 놓은 가게를

가리켰다. 가게 문이 열리고, 한 남자가 걸어 나왔다.

"가 보자꾸나."

아줌마가 나를 데리고 가게로 들어갔다. 가게 안은 바깥보다 더웠다. 얼굴이 붉게 달아오르고 배가 불룩한 대머리 남자가 우리를 보고 웃었다.

"음식……?"

아줌마가 남자에게 5달러를 보이며 영어로 물었다.

"다 팔렸어요."

남자는 우리가 알아들을 수 있도록 손짓을 했다.

우리는 가게 안을 둘러보았다. 피라미드처럼 쌓아 놓은 통조림들에는 각각 다른 채소 그림이 붙어 있었다. 밀가루와 쌀 그림도 있었다. 하지만 빵, 치즈, 소시지처럼 바로 먹을 수 있는 음식은 없었다.

"빵?"

아줌마가 물었다. 남자는 고개를 저었다.

우리가 가게를 나서려고 하는데 갑자기 남자의 표정이 밝아졌다. 그리고 우리에게 가게 뒤편으로 따라오라고 손짓을 했다. 남자가 큰 상자를 열자 차가운 공기가 얼굴을 에워쌌다. 남자는 종이 벽돌처럼 생긴 물건을 꺼내며 말했다.

"아이스크림."

"아이……?"

아줌마가 무슨 말인지 모르겠다는 얼굴로 되물었다. 나도 아줌마만큼이나 궁금했다. 우리는 빵이 있는지 물었는데, '아이'라니 그게 무슨 말일까.

남자는 얼굴을 살짝 찡그린 채 계산대 아래에서 상자를 뒤적여 나무 스푼 두 개를 찾았다. 그러고는 미소를 지으며 차가운 물건의 껍질을 조심스럽게 벗겼다.

"자, 보세요."

향긋한 바닐라 향이 퍼졌다.

"아이스……,"

남자가 나무 스푼으로 물건의 겉을 긁으며 말했다.

"크림."

스푼 위에 차가운 가루가 소복이 쌓였다. 남자가 조심스럽게 스푼을 내밀었다.

"먹어 보렴."

나는 입을 꼭 다물었다.

"아이스크림, 제가 먹어 볼게요."

아줌마가 조심스럽게 영어로 말했다. 남자가 아줌마의 입속으로 차가운 가루를 떨어트렸다. 마치 아기 새에게 먹이를 주는 것 같았다. 순간 아줌마의 눈이 커졌다. 나는 먼저 맛보지 않은 게 다행이라고 생각했다. 그런데 아줌마가 활짝 웃었다.

"맛있어."

아줌마가 다른 스푼으로 아이스크림을 긁어서 나에게 주었다. 신기한 가루가 혀에 닿았다. 눈송이 같았다. 입속에서 사르르 녹자 달콤한 향이 가득 퍼졌다. 몸이 부르르 떨렸다. 그냥 맛있는 정도가 아니라 무더운 여름날의 천국 같은 맛이었다.

"5달러요."

가게 주인이 손을 내밀었다.

마루시아 아줌마의 얼굴이 하얗게 질렸다. 우리가 가진 전부를 처음 보는 음식값으로 내야 하다니. 아줌마가 고개를 저었다.

"먹었으면 돈을 내야죠."

남자가 강한 말투로 말했다.

마루시아 아줌마가 마지못해 5달러 지폐를 꺼냈다.

"이게 우리가 가진 전 재산인걸요."

하지만 남자는 아줌마의 손에서 돈을 낚아챘다.

"제발 부탁이에요."

아줌마의 눈에 눈물이 그렁그렁했다. 남자는 우리를 가여운 듯 바라보더니 통에서 1달러를 꺼내 주었다.

마루시아 아줌마와 나는 가게를 나왔다. 아줌마는 품에 아이스크림을 꼭 안고 걸었다. 하지만 가게에서 나온 지 얼마 안 돼서 아줌마가 소리를 질렀다.

"어머나, 이를 어째."

아줌마의 블라우스가 끈적끈적한 액체로 얼룩져 있었다.

"이것 좀 들고 있어."

아줌마는 나에게 아이스크림을 주고는, 블라우스 단추를 열고 브래지어 속에서 이민 서류와 기차표를 꺼냈다. 서류 귀퉁이가 젖고 출입국 사무소에서 받은 도장이 번지고 있었다. 기차표는 흠뻑 젖었지만 다행히 찢어지지는 않았다. 아줌마는 서류와 기차표를 허공에 흔들어서 말렸다. 나는 4달러짜리 아이스크림이 더위에 녹아내리는 것을 가만히 보고 있어야 했다. 아줌마는 말린 서류와 기차표를 조심조심 접어서 치마허리 안주머니에 넣었다.

"저쪽에 앉자."

아줌마가 내 팔꿈치를 붙잡고 긴 의자로 향했다. 나무 스푼이 있었지만, 우리는 아이스크림을 마셔 버렸다. 손과 얼굴이 끈적거렸지만 신경 쓰지 않았다. 최근에 먹은 음식들

중에서 최고의 맛이었기 때문이다. 수돗가에 가서 손과 얼굴을 씻었지만 아줌마의 블라우스 얼룩은 지워지지 않았다.

그 뒤에 있었던 일들이 하나하나 기억나지는 않는다. 어쨌든 우리는 기차를 탔고, 퀘벡에서 다시 기차를 갈아탔다. 몬트리올에서는 식료품 가게를 찾느라 꽤 오랫동안 헤맸다. 우리에게는 1달러밖에 남아 있지 않았다. 아이스크림을 먹은 대가가 너무 컸다.

기차에서 만난 한 아줌마가 '원더브레드'라는 빵을 사라고 일러 주었다.

"아주 싸요. 1달러로 세 덩어리는 살 수 있을걸요."

우리는 식료품 가게에 가서 원더브레드가 있느냐고 물었다. 빨간 립스틱을 바른 여자가 빨간 매니큐어를 칠한 긴 손가락으로 복도를 가리켰다.

"복도 끝에 있어요."

복도 선반에는 화려한 포장지에 싸인 크고 하얀 원더브레드가 가득 놓여 있었다. 마루시아 아줌마는 두 개를 집었다. 음료수를 살 돈은 없었지만 밖에 수도꼭지가 있었다. 여자는 1달러를 받고 동전 몇 개를 거슬러 주었다.

우리는 다시 기차를 탔다. 아줌마가 포장을 벗기고 원더브레드 하나를 조각냈다. 윗부분이 갈색빛을 띠는 먹음직스러운 식빵이었다. 나는 한 조각을 코에 대고 숨을 들이마셨다. 아무런 냄새가 나지 않았다. 한 입 베어 물었다. 아무런 맛이 나지 않았다. 나는 아줌마를 쳐다보았다. 천천히 빵을 씹던 아줌마가 이상하다는 얼굴로 말했다.

"이런 걸 빵이라고 하다니……. 이름처럼 놀라운 빵이네."

그리고 슬프게 웃었다.

나는 울고 싶었다. 캐나다에서 이런 빵만 먹어야 하면 어떻게 하지.

마루시아 아줌마가 내 마음을 아는 듯 손을 잡고 토닥거렸다.

"우리 집에 도착하면 진짜 빵을 구워 줄게."

기차가 출발하자, 배고픔이 사라졌다. 나는 곧 잠에 빠져들었다. 꿈속에서 아줌마가 구워 준 진짜 빵을 먹었다.

기차는 오타와를 지나 토론토에 도착했다. 우리는 토론토에서 다시 기차를 갈아탔다. 마루시아 아줌마가 이렇게 복잡한 일들을 혼자서 척척 해내는 것이 신기했다. 아줌마는 승무원이 지나갈 때마다 기차표를 보여 주면서 옳은 방향으로 가고 있는지 확인했다. 기차에는 푹신한 의자가 놓

여 있고 큰 창문이 일정한 간격으로 있었다. 독일 기차와는
아주 달랐다. 나는 창밖으로 지나가는 풍경을 바라보았다.
어느 곳에도 폭격으로 부서지거나 불탄 건물이 없다는 것
이 놀라웠다. 전쟁이 바다를 건너지 않은 걸까. 그럼 '세계
대전'이라는 이름이 잘못된 거 아닐까.

우리가 원더브레드 두 덩어리를 모두 먹은 뒤에야 기차
는 브랜트퍼드에 도착했다. 나는 아무 맛이 나지 않는 원더
브레드에 질려 버렸다.

기차역 밖에서 우리를 기다리고 있는 아저씨를 발견했
다. 내가 '아빠'라고 부르던 이반 아저씨다. 아저씨는 면도
를 하고, 젖은 머리를 단정하게 빗어 넘기고, 빳빳하게 다린
낡은 회색 바지 주머니에 손을 넣고 서 있었다.

아저씨는 우리를 보고 환하게 웃었다. 그러고는 사람들
이 많은데도 마루시아 아줌마를 안고 기쁨의 키스를 퍼부
었다. 나는 아저씨와 아줌마를 모르는 척하려고 했지만 곧
아저씨에게 붙잡혔다. 아저씨는 두 팔로 나를 꼭 안았다. 내
가 빠져나오려고 하자, 더욱 세게 안았다.

"나디아, 이제 안전해. 다시는 어느 누구도 너를 해치지
못하게 지켜 줄 거야."

나는 더 이상 구경거리가 되고 싶지 않아서 아저씨 품속

에 얌전히 있었다.

이반 아저씨는 마루시아 아줌마의 낡은 가방을 검은 트럭에 실었다. 나는 짐이 거의 없어서 가방을 따로 들지 않았다. 우리는 진짜 가족인 것처럼 트럭에 올랐다. 아주 오랜만에 트럭을 타는 것 같았다. 나는 가죽 냄새와 가솔린 냄새가 심한 뒷자리에 앉았다.

군복을 입은 남자가 운전하는 크고 검은 차…….

"나디아, 창문 좀 열어 줄래?"

마루시아 아줌마가 나에게 말하고는 몸을 돌려 아저씨에게 물었다.

"이바슈코, 이 차 샀어요?"

"아니, 오늘 멀리서 가족이 온다고 하니까 사장님이 빌려 줬어요."

아줌마가 기쁜 듯 미소를 지으며 아저씨의 얼굴을 손으로 쓰다듬었다.

"사장님이 아주 사려 깊은 분이군요. 우리 결혼하던 때가 생각나요."

나도 기억이 난다. 아줌마와 아저씨는 난민 캠프에서 결혼했다. 정확히 난민 캠프에서 한 건 아니고, 캠프 밖에 있는 작은 성당에서 식을 올렸다. 오스트레일리아 신부님은 난민 캠프에 살던 우크라이나 신부가 혼인 성사를 올릴 수 있도록 배려해 주었다. 결혼식을 마치고 우리는 택시를 타고 캠프로 돌아갔다. 택시는 작고 낡았으며 가죽 시트는 갈라져 있었다.

나는 먼 길을 대비해 뒷자리에 편안히 앉았다. 하지만 트럭은 얼마 안 가 오래된 벽돌집들이 늘어선 길로 들어섰다. 사이사이에 나무로 지은 작은 집들이 보였다. 아저씨는 그중 한 집 앞에서 트럭을 멈췄다. 새로 지은 집이었다.

"이바슈코, 집을 샀어요?"

아줌마가 놀란 얼굴로 물었다.

"땅을 조금 사서 집을 짓고 있는 중이에요."

아줌마와 아저씨는 트럭에서 내렸지만 나는 좀 더 앉아 있었다.

힘든 여행이 끝나기를 얼마나 바랐는지 모른다. 집에 정착하기를 얼마나 간절히 원했는지 모른다. 하지만 이곳이 정말 나의 집이 될 수 있을까.

아저씨는 트럭 뒷문을 열고 내 손을 잡았다.

"나디아, 너를 위해서 뒷마당에 그네를 만들었단다."

나는 열두 살이다. 그네를 타기에는 너무 커 버렸다. 하지만 기쁜 듯이 아저씨에게 웃어 보였다. 아저씨가 힘들게 그네를 만들었을 테니까.

나는 트럭에서 내렸다. 아저씨는 트렁크에서 아줌마의 가방을 내렸다. 우리 셋은 현관으로 향했다. 아저씨는 현관문을 열고 가방을 안에 들여놓았다. 그리고 환하게 웃으며 아줌마를 번쩍 안아 올려 현관으로 들어섰다.

"지금 뭐 하는 거예요? 나 좀 내려 줘요."

"행운을 가져다주는 캐나다 풍습이에요."

아저씨는 아줌마를 집 안에서 내려 주었다. 나는 뒤를 따라 들어갔다. 다행히 아저씨가 나를 들어 올리지는 않았다.

집은 겉은 완성되었지만 안은 미완성이었다. 벽이 있어야 할 곳에는 나무판자밖에 없었다. 아저씨는 나무판자를 어렵게 구한 보물이라고 했다. 마루에는 사포질을 해서 매끈매끈한 나무가 깔려 있었다. 가구는 하나도 없었다.

"두 숙녀 분께 집을 소개할게요."

아저씨가 우리 손을 잡고 환하게 웃었다. 마루시아 아줌마는 미소를 짓고 있지만 나처럼 혼란스러운 것 같았다.

"이곳은 거실이에요."

우리는 손을 잡고 아직 문이 달리지 않은 출입구를 지났다.

"그리고 이곳은 침실이에요."

이 집에는 침실이 하나뿐인 걸까. 방은 아주 작았다. 매트리스 두 개가 꽉 차 있었다. 매트리스 위에는 이불이 곱게 개어져 있었다. 침실이 하나라면 당연히 아저씨와 아줌마가 써야 할 것이다.

"저는 거실에서 자도 될까요?"

나는 거실에서 자도 상관없었다. 침실보다 넓으니까 더 좋았다.

하지만 아저씨가 당황한 눈빛으로 말했다.

"집이 완성되면 너는 다락방을 갖게 될 거야. 그때 벽 색깔을 고르려무나."

그러고는 머리 위에 골격만 세워진 공간을 가리켰다.

저렇게 좁은 곳에서 숨을 쉴 수 있을까. 아직 다락방이 완성되지 않은 것이 차라리 다행이었다.

"그때까지 난 어디에서 자면 될까요?"

"우리 모두 뒷마당에서 자면 된단다."

다락방보다 훨씬 마음에 들었다.

"그럼 집 소개를 마저 할까요?"

하지만 소개할 곳은 많지 않았다. 거실과 침실 옆으로 부엌과 화장실이 있었다. 그게 전부였다. 화장실에는 세면대와 수세식 변기, 꽃무늬가 새겨진 오래된 철제 욕조가 놓여 있었다.

"쓰레기장에서 주워 왔어. 누가 저런 물건을 버렸다는 게 상상이 가니?"

아저씨가 자랑스럽게 말했다.

욕조는 페인트가 벗겨져서 바닥과 테두리에 불그스름하게 녹이 슬었다. 하지만 그것만 빼면 완벽했다. 난민 캠프에도 이런 욕조가 있었다면 좋았을 텐데.

"이건 쉽게 손볼 수 있어. 우선 집부터 완성하고 나서."

내가 페인트칠이 벗겨진 곳을 보는 걸 눈치채고 아저씨가 말했다.

다음으로 아저씨는 우리를 부엌으로 데려갔다. 우리는 버너가 두 개 있는 중고 전기스토브와 하늘색으로 칠한 아이스박스에 찬사를 보냈다. 아이스박스 위에는 깨끗한 접시 세 개와 컵 세 개가 놓여 있었다. 접시와 컵은 모두 다른 모양이었다. 프라이팬과 나이프, 포크, 스푼도 있었다. 아저씨는 커다란 싱크대와 뜨거운 물이 나오는 수도꼭지를 가장 자랑스러워했다.

"싱크대에서 빨래도 할 수 있어요. 이제 뒷마당으로 가 볼까요?"

아저씨는 내 손을 놓고 뒷문을 열었다. 우리는 계단 모양으로 쌓여 있는 나무토막을 밟고 내려갔다.

조그만 뒷마당 한가운데에 커다란 떡갈나무가 있었다. 가장 굵어 보이는 나뭇가지에 밧줄과 나무판자로 만든 그네가 매달려 있었다.

"나디아, 너를 위한 선물이야."

나는 그네가 마음에 들진 않았지만 티를 낼 수 없었다.

"고맙습니다!"

나는 아저씨를 안았다. 고마운 마음은 진심이었다. 그네의 나무 의자는 벨벳처럼 부드러웠다. 아마 아저씨가 나무가 반들반들해질 때까지 사포질을 했을 것이다.

아저씨와 아줌마는 손을 맞잡고 서 있었다.

"한번 타 보렴."

나는 발을 굴러 그네를 탔다. 높이 올라갈수록 얼굴에 부딪치는 바람이 좋았다. 자유롭게 느껴졌다. 더 높이 올라가자 이웃집의 뒷마당이 보였다. 이웃집 마당에도 그네가 매달려 있었다. 이 골목에 적어도 아이가 한 명은 살고 있다는 뜻이었다. 이제는 이곳을 내 집처럼 느낄 수 있을 것 같았다.

2장
악몽

　캐나다에서 보내는 첫날 저녁에 사람들이 선물을 들고 집으로 찾아왔다. 고소한 냄새가 나는 호밀빵, 양배추말이, 소시지 같은 음식이 대부분이었다. 피클, 딸기잼, 꿀, 달걀, 밀가루도 있었다. 하늘색 옷감과 보드카 한 병도 가져왔다. 신부님은 나에게 성경 한 권을, 볼에 점이 있는 영국인 아줌마는 크레용을 선물해 주었다.

　모두 돌아가고 난 뒤, 한 부부가 시무룩한 갈색 머리 소년을 데리고 왔다.

　"안녕? 이 아이는 미하일로야. 중앙 학교에 다녀."

　아주머니는 소년을 앞으로 밀어 나에게 인사를 시켰다. 그러고는 미하일로와 나를 마당에 남겨 두고 안으로 들어갔다.

"중앙 학교는 어디에 있어?"

내가 물었다.

"너도 9월에 다니게 될 거야. 학교가 싫어질걸."

"왜?"

"캐나다 사람이 아니면 애들이 놀리거든."

"아이들이 너를 놀려?"

"지금은 아니야. 놀리는 녀석이 있으면 패 줄 거야."

미하일로가 주먹을 움켜쥐고 말했다.

나에게 도움이 되는 해결 방법은 아닌 것 같았다. 하지만 미하일로와 친구가 되면 나를 놀리는 아이들을 대신 때려 줄지도 모른다.

미하일로네 가족이 돌아간 뒤, 이반 아저씨가 나를 불렀다.

"나디아, 네가 깜짝 놀랄 선물이 또 있단다."

아저씨는 내 손을 이끌어 우리 집과 이웃집 사이에 있는 덤불로 데려갔다.

"이게 뭔지 알겠니?"

심은 지 얼마 되지 않은 나무였다. 아직 꽃은 피지 않았지만 나뭇잎 모양만 보고도 금세 알 수 있었다.

"라일락 나무네요!"

"그래, 너를 위해 심었어. 내년 봄에 꽃이 필 거야. 그러면 매일 아침 라일락 향기를 맡으며 일어날 수 있어."

나는 목이 메어 아저씨에게 고맙다는 말을 할 수 없었다.

"나디아, 이곳은 너의 집이야. 우리는 네가 이곳에 함께 있어서 정말 기뻐."

아저씨가 내 손을 꽉 잡았다.

우리는 매트리스를 뒷마당에 깔고 별이 빛나는 밤하늘 아래에서 잠이 들었다. 처음에는 이상한 소리에 놀랐지만, 아저씨가 개구리 울음소리라고 안심시켜 주었다. 한 마리 잡아서 보여 주기까지 했다. 어렸을 적에도 개구리를 보았지만 언제 마지막으로 보았는지 기억조차 나지 않았다. 개구리 울음소리는 폭탄이 터지는 소리와는 아주 달랐다. 전쟁 내내 폭탄이 터지는 소리를 들으며 잠을 자려고 얼마나 노력했던가. 전쟁이 끝난 뒤 난민 캠프에서 지내는 몇 년 동안은 사람들의 코 고는 소리, 앓는 소리, 흐느끼는 소리를 들으며 잠들어야 했다.

뒷마당에 누워서 별을 올려다보며 개구리 울음소리를 들으니 긴장이 풀리는 것 같았다. 이제 모든 것이 괜찮아질 것이다. 나는 시원한 밤공기를 크게 들이마시고 눈을 감았다. 하지만 쉽게 잠이 들지 않았다. 마루시아 아줌마도 뒤척였다. 아줌마는 내 쪽으로 돌아누워 내가 아는 하나뿐인 자장가를 불러 주었다.

"콜리손코, 콜리손코. 콜리쉬 남 다이타이논쿠. 아 쉬콥스팔로, 네 팔라칼로. 아 쉬콥 로슬로, 네 볼릴로. 니 홀로우카, 니 브세 틸로."

나는 자장가를 들으며 몸속에 남아 있는 두려움을 몰아냈다. 편안한 매트리스에 누워 이불을 덮고 지금까지 나를 안전하게 지켜 준 아줌마와 아저씨와 함께 있으니 마음이 점점 편안해졌다. 나는 스르르 잠이 들었다.

나는 아늑한 침대에 두툼한 이불을 덮고 사랑하는 사람들과 누워 있다. 갑자기 문에서 쿵 소리가 난다. 곁에 있는 사람들을 깨우려고 하는데 모두 사라져 버린다. 나는 혼자다. 심장이 두근거린다. 문이 벌컥 열린다. 하지만 누구인지 보이지 않는다.

"날 내버려 둬."

나는 팔을 버둥거리며 잠에서 깨어났다. 강한 힘이 나를 일으켜 세웠다. 눈을 떴다. 브랜트퍼드의 뒷마당이었다. 마루시아 아줌마가 곁에 앉아 있었다. 나는 안전했다. 어두웠지만 아줌마의 얼굴에 걱정이 가득한 걸 알 수 있었다. 이반 아저씨도 무릎을 꿇고 나를 지켜보고 있었다.

"무서운 꿈을 꿨니?"

아줌마가 물었다.

진짜처럼 생생했는데 일어나 보니 꿈이었다. 나는 고개를 끄덕였다.

"꿈에 대해서 얘기하고 싶니?"

"아니요."

아줌마는 다정한 목소리로 자장가를 불러 주었다. 놀란 가슴이 가라앉았다.

자고 싶었지만 또다시 꿈을 꿀까 봐 두려웠다. 나는 잠이 든 것처럼 숨을 천천히 내쉬었다. 그래야 아줌마와 아저씨가 잠을 잘 수 있으니까.

나는 개구리 울음소리와 아저씨의 코 고는 소리를 들으며 깨어 있었다. 아줌마까지 잠에 빠져든 것을 확인하고 나서야 일어나 앉았다. 차가운 밤공기를 마시며 꿈을 몰아내려고 애썼다. 나는 왜 자꾸 악몽을 꾸는 걸까. 꿈속에서 문을 두드리는 사람은 누구일까.

무릎을 세워 두 팔로 감싼 뒤, 마치 누군가가 위로해 주는 것처럼 나를 다독거렸다. 마음속으로 자장가를 불렀다. 안전하고 사랑받고 있다고 느껴졌다. 안전하다고 생각했던 기억, 난민 캠프 이전의 시간을 떠올렸다.

천장이 높고, 큰 창문이 있는 내 방이 생각났다. 항상 먹을 것이 많았고, 예쁜 옷도 많았다. 하지만 그때 나는 정말 안전했을까. 아니다. 전쟁 중에 안전한 사람은 한 명도 없으니까.

3장
영어 선생님

다시 악몽을 꿀까 봐 깨어 있으려고 했지만 잠이 몰려왔다. 나도 모르는 사이에 잠에 빠져들었다. 다음 날 눈을 떴을 때, 몸은 새벽이슬에 젖고 목이 따끔거렸다. 하지만 상쾌한 공기를 마시며 잠을 자서 그런지 기분이 좋았다. 기지개를 켜고 옆을 보았다. 아줌마는 아직 자고 있고 아저씨는 자리에 없었다.

때마침 아줌마가 눈을 뜨더니 내가 묻지도 않은 질문에 대답했다.

"아저씨는 일하러 나갔어. 나도 일자리를 구하려고 해."

"저는 뭘 할까요?"

"학교가 두 달 뒤에 시작한대. 그전에 어제 크레용을 선물한 선생님이 영어를 가르쳐 주신다고 했어."

우리는 달걀 프라이, 호밀빵과 딸기잼을 접시에 담아서 계단에 앉았다. 식탁 대신 무릎에 접시를 올려놓고 먹었다. 욕실에서 뜨거운 물로 샤워를 하고 나자, 아줌마가 머리를 두 갈래로 땋아 주었다. 그리고 나를 뒷마당에 그네가 있는 선생님의 집으로 데려갔다.

아줌마는 문을 두드리고 기다렸다.

"나디아, 안녕? 내 이름은 매킨토시야."

선생님이 천천히 영어로 말했다.

"안녕하세요, 매킨토시 선생님."

나는 또박또박 영어로 대답했다.

이번에는 선생님이 놀랄 만큼 완벽한 우크라이나 어로 아줌마에게 말했다.

"마루시아 부인, 안녕하세요? 새 집에서 편안히 주무셨나요?"

선생님과 아줌마가 문 앞에서 이야기를 하는 동안, 나는 목을 빼고 안을 살폈다. 하지만 커튼이 드리워져 있어서 잘 보이지 않았다. 대신에 은은한 레몬 냄새와 여러 가지 좋은 향기가 문밖으로 퍼져 나왔다.

마루시아 아줌마가 일을 구하고 있다고 말하자 선생님이 물었다.

"전에 무슨 일을 하셨나요?"

"전쟁 중에 말씀이신가요?"

아줌마는 당황한 것 같았다.

"아뇨, 전쟁 전에요."

"약학을 공부했어요. 하지만 여기서는 어떤 일이든 상관 없어요."

"일을 구하기 쉽지 않을 거예요. 나디아는 저와 하루 종일 공부해도 괜찮아요."

마루시아 아줌마가 일을 구하는 동안, 매킨토시 선생님과 영어를 공부해야 한다는 건 알고 있었다. 하지만 하루 종일이라니. 나는 아줌마의 손을 끌어당기며 애원하는 눈빛으로 쳐다보았다.

"나디아, 매킨토시 선생님은 다른 아이들에게도 영어를 가르치셔. 괜찮을 거야."

아줌마는 나에게 의논도 없이 중대한 결정을 내린 채 내 손을 놓고 가 버렸다.

내가 좀 더 어렸다면 아줌마를 쫓아갔을 것이다. 하지만 나는 구경거리가 되고 싶지 않았다. 숨을 크게 들이마시고 눈물을 참았다. 나는 전쟁에서 살아남은 아이다. 선생님과 하루 종일 공부하는 것쯤은 참을 수 있다.

선생님 집에는 우리 집과 비슷한 나무 바닥이 깔려 있었다. 하지만 왁스를 칠해서 윤기가 나고, 색색의 러그가 깔려 있었다. 거실은 우리 집만큼 작았지만 가구가 많았다. 현관문 옆에는 책이 가득한 책장이 있었다. 한쪽 벽에는 벽난로가 있고, 그 위 선반에는 액자들이 놓여 있었다. 가운데 액자에 제복을 입고 표정이 어두운 남자의 사진이 들어 있었다.

"이쪽으로 와서 앉으렴."

매킨토시 선생님이 내 어깨에 부드럽게 손을 올렸다.

나는 소파 끝에 걸터앉았다. 선생님이 책장에서 책을 한 권 꺼내 와서 내 옆에 앉았다. 책표지에 나와 같은 금발 머리 소녀가 그려져 있었다.

"이 책은 〈어린이를 위한 그림 사전〉이야."

선생님이 책 제목을 손가락으로 짚으며 읽어 주었다.

나는 책을 많이 좋아한다. 난민 캠프에 있는 동안 구호 물품에 가끔씩 책이 들어 있었다. 하지만 동화책이 있는 경우는 드물었다. 그동안 책을 만지고, 냄새 맡고, 읽기를 얼마나 바랐던가. 하지만 지금은 선생님 옆에 앉아서 가만히 바라볼 수밖에 없었다. 선생님이 미리 표시해 둔 책장을 펼쳤다. 사과 그림이 나왔다.

"애플(Apple)."

선생님이 영어 단어를 손으로 짚으며 읽었다.

"애플."

나는 선생님을 따라 했다.

다음 페이지로 넘어갔다. 커다란 자동차가 나왔다. 선생님이 웃으며 읽었다.

"오토모바일(Automobile)."

선생님은 단어 여섯 개를 읽은 다음, 다시 사과가 있는 페이지로 돌아왔다. 영어로 말하는 법을 배우는 게 아니고 그냥 단어를 배웠을 뿐이지만 그림으로 공부하니 재미있었다. 매킨토시 선생님은 내가 단어를 모두 익히자 새로운 여섯 단어로 넘어갔다. 그리고 또다시 여섯 단어를 공부했다. 시간이 얼마나 흘렀을까. 엉덩이에 감각이 없어지기 시작했다.

나는 책장을 넘기다가 사나운 개 사진이 나와서 깜짝 놀랐다. 크게 심호흡을 하고 나서 그림 아래에 있는 영어를 읽었다.

"도그(Dog)."

"아주 잘했어."

휴, 그림에 놀라지 말라고 미리 말해 주었더라면 좋았을 텐데.

"이제 쉬는 시간이야."

선생님이 소파에서 일어났다. 그리고 우크라이나어로 물었다.

"뭐 좀 먹을래?"

"예스!"

나는 소파에서 일어나 기지개를 켜며 영어로 대답했다. 소파에 얼마나 오래 앉아 있었는지 모르겠다. 시간은 빠르게 흘러갔다.

선생님이 부엌에서 음식을 준비하는 동안 나는 벽난로 위 선반에 놓인 액자를 들고 자세히 들여다보았다. 남자는 어두운 군복을 입고 모자를 오른쪽으로 비스듬히 썼다. 젊어 보였다. 액자를 제자리에 놓고 책장을 구경하려는데 어렴풋한 기억이 떠올랐다.

또 다른 벽난로. 또 다른 군복. 그 군복도 어두운 색이다.

책장에는 모두 영어로 쓰인 색색의 책들이 가득했다. 책을 읽고 싶었지만 허락 없이 꺼내고 싶지 않았다. 그래서 부엌으로 들어가서 선생님 주위를 서성거렸다.

"거기 앉아."

선생님이 식탁 의자 하나를 가리켰다. 식탁에는 우유 두 잔과 수프 그릇 두 개, 접시 두 개가 놓여 있었다. 선생님은 붉은색과 흰색 라벨이 붙은 통조림을 냄비에 쏟아 넣고 물을 한 컵 부었다. 맛있어 보였다.

선생님 집에는 아이스박스가 아니라 냉장고가 있었다. 선생님이 냉장고에서 오렌지색 덩어리를 꺼내더니 썰어서 빵 옆에 놓았다. 빵은 원더브레드였다. 다시는 원더브레드를 먹을 일이 없을 줄 알았는데……

"그건 뭐예요?"

나는 오렌지색 덩어리를 가리키며 영어로 물었다.

"벨비타야."

"벨비타."

나는 처음 듣는 단어를 머릿속에 새기듯 따라 했다.

"치즈의 한 종류야."

"아, 그렇군요."

선생님은 원더브레드 조각을 유산지에 올리고 그 위에 벨비타 치즈를 얹었다. 그리고 오븐에 넣었다. 냄비에서는 김이 모락모락 피어올랐다.

"다 됐구나."

선생님이 오븐을 열어 빵을 꺼냈다. 치즈를 올린 빵을 접시에 담고 그릇에 통조림을 데운 수프를 담았다.

수프는 태어나서 처음 먹는 맛이었다. 난민 캠프에 있을 때 주로 수프를 먹었는데 양배추와 감자가 전부였다. 가끔 고기가 들어 있기도 했지만. 선생님이 준 수프는 걸쭉하고 진한 토마토 맛이 났다. 맛없지 않지만 진짜 수프 같지는 않았다.

나는 선생님을 보며 웃었다.

"맛있어요."

선생님이 대답 대신 고개를 끄덕였다.

빵은 먹기가 망설여졌다. 이렇게 색깔이 진한 치즈는 본 적이 없었다. 그리고 무엇보다 원더브레드라니…… 나는 빵을 손으로 조금만 뜯었다. 빵은 노릇노릇하게 잘 구워졌고 치즈도 부드럽게 녹아 있었다. 선생님은 기대하는 얼굴로 나를 바라보았다. 나는 크게 한입 빵을 베어 물었다. 늘 음식은 소중하니까.

마루시아 아줌마와 나는 다른 도망자들과 함께 기차가 속도를 늦추기를 기다린다. 기차가 멈춘다. 나는 아줌마가 기차에서 뛰어내려 들판으로 숨어드는 모습을 지켜본다. 두려움이 밀려온다. 아줌마는 마른 땅을 맨손으로 파더니 빠른 발걸음으로 돌아온다.

"감자야. 두 개나 있어."

한 남자가 낡은 외투 주머니에서 냄비를 꺼낸다. 그리고 잔가지를 모아 화물칸 바닥에 작은 모닥불을 피운다. 다른 남자는 들판으로 내려가서 진흙이 섞인 물을 모자에 담아 와 냄비에 붓는다. 마루시아 아줌마는 감자를 내놓는다.

감자가 익는 냄새를 맡자 배 속에서 난리가 난다. 며칠 동안 음식은 구경도 하지 못했다. 화물차를 탄 뒤 처음으로 멈춘 것이다. 감자가 거의 익어 가고 있지만 우리는 끝까지 기다릴 수 없다. 아직 얼마나 더 가야 하는지 알 수 없고, 불을 피우는 냄새가 나면 군인들이 올 수도 있기 때문이다.

남자가 낡은 외투 주머니에서 숟가락을 꺼내더니 감자 수프를 떠서 유일한 어린이인 나에게 건넨다. 지금까지 먹어 본 수프 중 가장 맛있다. 사람들은 마치 의식을 치르듯이 숟가락을 옆 사람에게 건넨다. 수프가 금세 바닥난다. 기차가 다시 달리기 시작한다.

누군가 내 어깨에 손을 올리는 것이 느껴졌다. 나는 깜짝 놀라서 정신을 차렸다. 선생님이 걱정스러운 얼굴로 나를 바라보았다.

눈물이 차올랐다. 나는 손등으로 눈물을 닦으며 매킨토시 선생님의 눈을 피했다. 알 수 없는 장면들이 머릿속에 떠오르면 혼란스럽고 나 자신에게 화가 났다.

나는 수프와 빵을 마저 먹고 나서 그릇들을 싱크대로 가져갔다.

"그냥 놔둬도 괜찮아."

선생님이 내 손에서 그릇들을 받아 들었다.

"돕고 싶어요."

나는 생각을 몰아내기 위해서 무엇이든 하고 싶었다. 선생님이 뜨거운 물을 싱크대에 채우면서 말했다.

"좋아. 그럼 접시를 마른 행주로 닦아 주렴."

나는 선생님이 설거지한 접시를 조심스럽게 닦았다. 그리고 분홍색 장미 무늬를 맞추어 선반에 올렸다. 그릇들은 고급스럽고 가벼웠다. 이반 아저씨가 가져온 짝이 맞지 않는 그릇들과 달랐다.

선생님이 설거지를 마치고 남은 물기를 닦아 냈다.

"다 끝났구나. 너한테 작은 상을 줘야겠어."

선생님은 접시에 쿠키를 몇 개 담아 주며 식탁에 가서 앉으라는 손짓을 했다.

"생강 쿠키야."

우크라이나의 벌꿀 쿠키와 비슷해 보였다. 나는 쿠키 하나를 집어 냄새를 맡았다. 벌꿀 냄새가 나진 않았다. 선생님 집에 들어왔을 때 나던 향긋한 냄새였다. 한 입 베어 물었다. 벌꿀 쿠키처럼 바삭했다. 달콤한 맛이 다시 기억을 불러일으켰다.

금발 머리 여자가 가정부에게 쿠키를 구워 오라고 시킨다. 가정부가 구운 쿠키는 사람 모양을 한 진저브레드다. 달콤하지만 생강 향이 난다. 나는 머리를 베어 먹는다. 팔과 다리도 먹는다. 반쯤 먹은 쿠키를 보니 마음이 아프다.

"다 먹어."

금발 머리 여자가 말한다.

쿠키 덩어리가 목에 걸렸다. 올려다보니 매킨토시 선생님이 나를 골똘히 쳐다보고 있었다. 삼키려고 했지만 목이 막혔다. 우유를 마셔서 겨우 쿠키를 삼켰다.

"이제 됐어."

나는 스스로에게 안심을 시키듯 말했다. 선생님이 미소를 지었다.

40

문을 두드리는 소리가 들렸다. 마루시아 아줌마가 일자리 구하기를 그만두고 나를 데리러 온 걸까.

선생님이 문을 열었다. 마루시아 아줌마가 아니었다. 어젯밤에 만난 미하일로였다.

"들어오렴. 쿠키 줄게."

미하일로가 들어와서 식탁 의자에 앉았다.

"벌써 선생님한테 영어를 배웠어?"

미하일로가 우크라이나 어로 물었다.

"영어로 물어보렴, 미하일로."

매킨토시 선생님이 말했다.

미하일로는 이리저리 살펴보더니 쿠키를 한입에 넣고 다 씹기도 전에 삼켜 버렸다. 그러고는 나를 보며 아주 느리게 영어로 말했다.

"영어를 공부하고 있니, 나디아?"

"응."

나는 우크라이나 어로 답했다.

"쿠키를 다 먹으면 둘이 뒷마당에서 놀아도 좋아."

선생님이 허락의 의미로 고개를 끄덕였다.

나는 미하일로와 놀고 싶지 않았다. 그보다 거실에 앉아 책을 읽고 싶었다.

미하일로는 우유를 마시고 나서 나를 쳐다보았다. 뒷마당을 가리켰다.

"나가자."

매킨토시 선생님네 그네는 우리 집 그네와 비슷했다. 하지만 나무 색이 좀 더 진하고 반질반질하게 닳아 있었다. 선생님이 그네를 타는 걸까. 어른이 그네를 타는 모습을 보면 재미있을 것 같았다.

선생님은 뒷문에 서서 우리를 바라보았다. 그래서 미하일로는 영어로 얘기해야 했다.

"나디아, 앉아. 내가 그네를 밀어 줄게."

매킨토시 선생님이 고개를 끄덕이며 안으로 들어갔다.

나는 그네에 앉아서 높이 올라갈 때 다리를 굴렀다. 그런데 미하일로가 그네를 너무 세게 밀어서 숨이 막히는 것 같았다.

"약하게!"

나는 우크라이나 어로 말했다.

"계속 우크라이나 어만 쓰면 영어를 배우지 못할 거다."

미하일로가 매킨토시 선생님의 말투를 흉내 내어 말했다.

"너무 세게 밀지 마."

미하일로는 내 영어를 못 알아듣는 것인지, 신경을 쓰지 않는 것인지 그네가 내려올 때마다 등을 아주 세게 밀었다. 그네가 한 바퀴 돌아 나무에 감겨 버릴까 봐 겁이 났다. 하지만 그네가 올라갈 때 얼굴에 부딪치는 바람 때문에 자유롭게 공중을 나는 것 같았다.

"그만해!"

"알았어."

미하일로가 그네에서 한 발짝 물러났다. 그러더니 나를 내버려 두고 잔디에 앉아서 손으로 풀을 쓸며 투덜댔다.

"넌 바보 같아."

미하일로는 내가 그네에서 내려오는 동안에도 계속해서 손으로 풀을 쓸었다. 뒷문이 열리고 매킨토시 선생님이 얼굴을 내밀었다.

"십 분 뒤에 수업 시작할게."

나는 미하일로 옆에 앉았다.

"너도 여기서 영어 배워?"

"응. 매일 오후에 이곳에 와."

"너는 영어를 잘하는데?"

"엄마, 아빠가 여기에 와서 영어를 배우래. 선생님이 좋으니까 난 상관없어. 그리고 쿠키도 주잖아."

미하일로의 얘기를 들으니까 생각이 많아졌다. 나도 이제 매일 이곳에 와야 하는 걸까. 영어를 빨리 배우면 오후에만 와도 되는 걸까. 매일 미하일로를 만나면 재미있을까.

"넌 전쟁 전에 어디에 살았어?"

미하일로가 물었다.

나는 당황했다.

"조……, 졸로치우."

미하일로가 나를 쳐다보았다.

"거짓말을 잘 못하는구나."

미하일로가 옳았다. 나는 거짓말을 했다. 하지만 진심으로 고향이 어디인지 몰라서, 내가 거짓말을 하고 있다는 생각은 들지 않았다. 난민 캠프에서는 거짓말을 할 수밖에 없었는데, 사실대로 말하면 나를 마루시아 아줌마로부터 떼어 놓을 것이기 때문이었다. 하지만 캐나다에 온 뒤부터 이상한 일이 일어났다. 과거의 기억들이 조각조각 떠오르기 시작했다. 뒤죽박죽이 된 퍼즐 조각들처럼.

"왜 내가 거짓말을 한다고 생각해?"

"억양이 이상해서. 우리 부모님 고향이 졸로치우야. 이반 아저씨도. 그런데 너는 억양이 전혀 다르잖아."

나보다 더 나에 대해 많이 알고 있는 듯한 미하일로가 갑자기 두려워졌다.

"이반, 아니 우리 아빠가 너희 부모님이랑 친구야?"

"우리 아빠는 이반 아저씨와 같은 지하 감옥에 있었어. 나치와 맞서서 함께 싸웠대."

미하일로는 잠시 동안 말이 없었다. 대신 잔디를 손으로 쓸었다.

"너를 보면 그게 생각나."

"뭐가?"

"너의 머리카락 색깔과 눈동자는 마치 나치 같아."

미하일로는 나를 쳐다보지 않고 일어서서 집 안으로 들어가 버렸다.

4장
나의 정체

미하일로가 나치 이야기를 꺼내고부터 기분이 이상했다. 기분이 나쁘다기보다 궁금했다. 난민 캠프에 있던 사람들은 대부분 몇 가지 언어를 말할 줄 알았다. 하지만 나와 억양이 비슷한 사람은 없었다. 마루시아 아줌마와 함께 난민 캠프에 도착했을 때, 사람들은 나에게 엄마와 생김새도 다르고 억양도 다르다고 했다. 그러면 마루시아 아줌마는 사람들의 말을 가로막았다.

매킨토시 선생님은 미하일로에게 식탁에 앉아 영어 작문을 하라고 시킨 뒤, 나와 단어 공부를 했다. 미하일로가 내 옆에서 공부하지 않아서 다행이었다.

나도 모르게 선반에 놓인 군복을 입은 남자의 사진에 눈길이 갔다. 선생님은 내가 사진을 쳐다보는 것을 알고는 한

숨을 내쉬었다.

"결혼하기로 약속했던 사람이야. 그런데 나치와 싸우다가 프랑스에서 죽었어."

선생님은 나에 대해서 어떻게 생각하고 있을까. 금발 머리에 푸른 눈, 이상한 억양으로 말하는 나를 나치라고 의심할까. 선생님 약혼자의 죽음에 나의 책임도 있는 걸까. 말로 표현할 수 없는 감정이 밀려왔다.

마루시아 아줌마는 내가 아줌마를 만나기 전의 기억을 떠올려 보라고 격려해 주었다. 내가 죄책감을 느낄 이유는 없다고 했다. 나는 옛날 일들을 기억하려고 했지만, 단편적인 기억들만 떠오르고 서로 이어지지 않았다. 더욱 혼란스럽기만 했다.

나는 매킨토시 선생님에게 말했다.

"약혼자가 돌아가셨다니 안됐어요."

전쟁이 캐나다까지 넘어오지는 않았지만 선생님의 약혼자는 전쟁 때문에 죽었다. 그래서 '세계대전'이라고 부르는 걸까.

오후에는 시간이 빠르게 흘러갔다. 새로운 단어를 배우는 데 빠져 있느라 현관문 두드리는 소리에 깜짝 놀랐다. 선생님이 문을 열자 마루시아 아줌마가 슬프고 지친 얼굴로 서 있었다.

선생님은 오늘 배운 영어 단어를 공부할 수 있도록 그림 사전을 가져가라고 했다. 나는 아줌마의 손을 꼭 붙잡고 길을 걸었다. 나는 아줌마를 마주 보다가 깜짝 놀랐다. 아줌마가 두 눈에 눈물이 가득한 채로 웃고 있었다.

"곧 일자리를 찾을 거야. 걱정하지 마."

나도 아줌마에게 미소로 대답했다. 내가 기억하는 그때부터 나는 그냥 덤덤히 하루하루를 살아 냈다. 그렇다고 내게 걱정이 없는 것은 아니었다. 희망이 없을 뿐.

아줌마가 나를 쳐다보았다.

"나디아, 무슨 걱정 있니?"

나는 잠시 동안 대답하지 못했다. 전에도 비슷한 일이 있었기 때문이다. 하지만 답답한 마음에 아줌마에게 묻고 말았다.

"나는 나치일까요?"

아줌마가 걸음을 멈추고 내 눈을 들여다보았다.

"아냐, 너는 나치가 아니야."

"그럼 독일인인가요?"

아줌마가 고개를 저었다.

"그러면 왜 나치처럼 생겼어요? 난민 캠프 아이들은 나와 다르게 생겼고, 억양도 달랐어요. 미하일로도 나랑 다르게 말해요. 아줌마도 나와 다르고요.”

아줌마의 눈시울이 붉어졌다.

“미하일로가 너에게 무슨 말을 했니?”

나는 일러바치고 싶지 않았지만 거짓말을 하고 싶지도 않았다.

“미하일로와 나는 억양이 달라요.”

“너는 분명히 나치도 아니고 독일인도 아니야.”

아줌마가 단호히 말했다.

“하지만 나는 아줌마가 나를 납치해 온 집을 기억해요!”

아줌마가 한 손을 허리에 얹었다.

“내가 언제 너를 함부로 대한 적 있니?”

“아니요.”

“네가 내 친딸이 아니라서 사랑이 부족하게 키운 적 있니?”

“아니요.”

“그렇다면 나를 믿어. 나는 너를 결코 납치하지 않았고, 너는 나치가 아니야.”

아줌마가 다시 내 손을 잡으려고 손을 뻗었지만 나는 등 뒤에 숨겨 버렸다. 이유 없이 아줌마한테 화가 났다. 우리는 서로 말없이 길을 걸었다.

집 앞에 도착하자 나무판자가 가득 실린 트럭이 서 있었다. 어제 집에 왔던 아저씨 두 명이 트럭에서 나무판자를 내렸다. 그중 한 명은 미하일로의 아빠였다. 다른 아저씨는 현관문을 붙잡고 있었다.

"어서 가서 아저씨들이 무엇을 만드는지 보자."

아줌마가 말했다.

우리는 아저씨들을 따라 거실로 들어갔다. 나는 눈앞에서 펼쳐지는 광경을 믿을 수 없었다. 어제까지 아무것도 없던 공간에 나무판자로 벽을 세워 방이 만들어졌다. 우리는 침실로 가 보았다. 이반 아저씨가 셔츠를 벗고 일을 하고 있었다. 등이 땀으로 번들거렸다. 아저씨 한 명이 나무판자를 붙들고 서 있고, 이반 아저씨는 무릎을 꿇고 나무판자를 따라 작은 못을 박고 있었다. 침실의 세 벽이 완성되었다.

벽이 세워지기 전에는 탁 트이고 바람이 잘 통했다. 그렇게 살았으면 했는데……. 나는 숨을 깊이 들이마시며 톱밥 냄새를 맡았다. 그리고 힘들게 일하는 아저씨를 향해 웃었다.

이반 아저씨가 고개를 들었다.

"우리 집 숙녀 분들이 오셨군요."

"집이 정말 빨리 완성되네요."

아줌마가 말했다.

"당신과 나디아가 브랜트퍼드에 도착하기 전에 벽을 세우고 싶었는데, 지난 몇 주일 동안 야근을 하느라 시간이 없었어요."

이반 아저씨는 일을 도와주는 아저씨들을 한 번 쳐다보고는 다시 말을 이었다.

"그리고 친구들이 없었으면 어떻게 해냈겠어요?"

"다들 배고프겠네요. 음식을 만들게요."

아줌마를 도와서 음식을 만드는 동안 못 박는 소리가 부엌까지 울려 퍼졌다. 아저씨의 친구들은 식사를 하고 일을 좀 더 한 뒤에 내일 다시 오겠다며 집으로 돌아갔다.

아저씨와 아줌마는 뒷마당 계단에 앉아서 차를 마셨다. 나는 그네에 앉아서 둘의 대화를 들었다.

"이바슈코, 언제 잘 거예요? 어제도 거의 일어날 시간이 다 돼서 자던데……."

아줌마가 손으로 아저씨의 머리카락을 빗어 주었다.

"집이 완성되면 잘 거예요."

"쉬어야 할 것 같아요. 침대에 가서 좀 누워요."

"아직 밝은데 일을 좀 더 마무리할게요."

"아니에요. 모두 같이 자요. 당신은 좀 쉬어야 해요."

나는 아줌마와 아저씨만의 시간을 주고 싶었다. 결혼한 지 얼마 되지 않아서 일 년 동안 떨어져 지냈기 때문이다. 나는 그네에서 일어났다.

"어디 가니?"

아줌마가 물었다.

"여기저기 둘러보고 올게요."

나는 밝은 목소리로 대답했다.

"멀리 가지 말고 어두워지기 전에 돌아와."

겁이 많은 내가 멀리 갈 거라고 생각하다니, 웃음이 났다. 나는 앞마당 계단에 앉아서 길거리를 살펴보았다. 그냥 이곳에 한 시간 정도 앉아 있을 수 있을 것 같았다. 어린아이들이 노는 소리가 들리고 차가 지나가는 소리가 들렸다. 양복을 입고 가방을 든 남자가 지나다가 모자를 벗고 나에게 인사했다. 나도 웃으며 인사했다. 이런 사소한 일들이 나의 마음을 편안하게 했다. 이유는 모르겠다. 아마도 이곳에서 만들어 가는 새로운 생활이 나쁘지 않기 때문이 아닐까.

미하일로가 중앙 학교가 길 아래쪽에 있다고 알려 주었다. 멀지 않을 것이다. 나는 숨을 들이마시고 일어났다. "나는 이제 캐나다 인이야."라고 되뇌었다. 캐나다 소녀들이 평화롭게 짝을 지어 걸어가는 모습이 보였다.

나는 길 아래쪽으로 걷기 시작했다. 겁도 났지만 자랑스럽기도 했다. 얼굴에 부드러운 바람이 불어왔다. 매킨토시 선생님의 집을 지나 학교가 보일 때까지 조지 거리를 걸어 갔다. 마침내 크고 오래된 노란 벽돌 건물이 보였다. 학교 앞에는 둥글게 돌아 들어가는 길과 넓은 잔디밭이 있었다.

독일에는 이렇게 크고 멀쩡한 건물이 별로 없었다. 학교 주위를 걷고 있으니 왠지 든든한 기분이 들었다. 이곳에는 폭탄도, 제복을 입은 군인도, 불탄 건물도, 가시철사를 둘러 친 담벼락도 없었다.

나는 창문으로 다가가서 교실을 들여다보았다. 낮은 책상이 있고, 벽에 포스터들이 붙어 있었다. 칠판에는 조지 왕의 초상화가 걸려 있었다. 동전에서 본 얼굴이었다.

나는 담벼락에 기댄 채 잔디에 앉았다. 아직 집에 갈 시간은 아니었다. 나는 좀 더 걷기로 했다. 세 블록 더 내려갔더니 아름다운 공원과 성당, 화려한 건물들이 있었다. 그중에서도 성당 옆에 있는 건물이 내 눈을 사로잡았다. 네 개의 대리석 기둥이 건물을 받치고 있고, 입구에서 들어가는 길은 하얀 계단으로 이어져 있었다. 나는 계단에 올라서서 까치발을 들고 유리창 안을 들여다보았다. 대리석 문이 보이고, 그 뒤에는 내가 좋아하는 책들이 가득했다. 책 냄새를 맡고 싶었다.

"도서관이야."

뒤에서 낯익은 목소리가 들렸다.

"내 뒤를 따라온 거야?"

나는 미하일로에게 고개를 돌리며 물었다. 미하일로의 얼굴에 장난스러운 표정이 스쳤다.

"아니야. 네가 내 발자국 소리를 듣지 못한 거야."

미하일로는 손에 두꺼운 책을 들고 있었다.

"안에서 책을 가져왔어?"

"이곳은 도서관이야. 무슨 생각을 하는 거야?"

"책을 빌리는 데 얼마야?"

"무료야. 돌려주기만 한다면."

"어떻게 하면 도서관에서 책을 빌릴 수 있어?"

"서류를 적은 다음에 도서관 카드를 발급받으면 돼. 그러면 원하는 책을 아무 때나 빌릴 수 있어. 다 읽은 뒤에 돌려주기만 하면."

"어떤 책을 읽을지는 누가 정해 줘?"

"캐나다에서는 자기가 선택할 수 있어. 어린이 책은 뭐든지 읽을 수 있어."

"지금 들어갈 수 있을까?"

"지금은 닫았어. 내일 영어 수업 끝난 뒤에 같이 올래?"

갑자기 미하일로가 달라 보였다. 미하일로가 책을 좋아하다니……. 거칠고 무례할 때도 있지만 그건 남자아이이기 때문일 것이다.

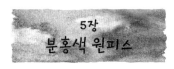

5장
분홍색 원피스

오늘도 별이 빛나는 밤하늘을 보며 자고 싶었다. 하지만 해가 지자 먹구름이 몰려왔다. 아저씨는 톱밥 찌꺼기를 치우고 거실 가운데 매트리스를 놓았다.

"거실이 넓어서 여기서 자면 밖에서 자는 것 같을 거야. 혹시 우리와 함께 자고 싶으면 안으로 들어오려무나."

마루시아 아줌마가 침실을 가리켰다. 아줌마의 눈은 지쳐 보였다. 나는 미소를 지으며 괜찮다고 말했다. 그러고는 선생님한테 빌린 그림 사전을 펼쳐 놓고 오늘 배운 단어를 소리 내어 읽었다.

지붕을 두들기는 빗소리 때문에 개구리 울음소리가 들리지 않았다. 어쩌면 개구리들도 어딘가에 들어가서 자고 있을지 모르겠다. 빗소리에 마음이 편안했지만 멀리서 들려오는 천둥소리 때문에 폭탄 터지는 소리가 떠올랐다.

창문에 커튼이 없어서 차가 지나갈 때마다 그림자가 벽에 나타났다 사라졌다. 나는 눈을 감은 채 천천히 숨을 들이마시고 내쉬면서 빨리 잠이 들기를 바랐다.

사랑하는 사람들이 주위에 서 있다. 나는 포근한 이불 속에 누워 있다. 문을 두드리는 소리가 들린다. 사람들 뒤에 숨으려고 하지만 모두 사라진다. 나는 혼자 남는다. 문을 두드리는 소리가 거세진다. 어린아이가 문을 열어 달라고 소리친다. 저 소녀는 누구일까. 소녀의 목소리가 왜 이렇게 무섭게 들리는 걸까.

나는 깜짝 놀라 잠에서 깨어났다. 이곳은 어디일까. 개구리 울음소리가 났다. 어둠 속에서 주위를 둘러보니 창문으로 달빛이 쏟아졌다. 비는 여전히 내리고 있었다. 이곳은 브랜트퍼드에 있는 이반 아저씨의 집이었다. 나는 두 팔로 다리를 감싼 채 다독거렸다. 이유 없이 소리를 지르고 싶었다. 하지만 눈을 감고 자장가를 속삭였다.

꿈에서 문을 두드리던 소녀는 누구일까. 다시 잠을 자고 싶지 않았다. 아줌마와 아저씨를 깨우고 싶지도 않았다. 나는 부엌으로 살금살금 걸어가서 물을 마셨다. 식탁에 앉아서 부엌 창문으로 떨어지는 빗방울을 바라보았다.

과거를 기억하고 싶었다. 기억의 퍼즐 조각들을 맞춘다면 악몽이 사라질 것만 같았다. 마루시아 아줌마는 내게 두려워할 것 없다고 했지만, 아줌마가 알고 있는 나의 과거가 전부일까. 나는 창문을 바라보며 꿈속의 소녀에 대해서 생각하기 시작했다.

침실의 천장이 높다. 분홍색 커튼이 드리워진 창문 밖으로 빗방울이 흘러내린다. 먼 곳에서 해가 떠오른다. 복도를 걸어오는 발소리가 들린다. 문이 살며시 열리더니 에바가 들어온다.

"언니, 얼른 일어나. 나랑 똑같이 분홍색 원피스를 입어."

에바의 통통한 발이 침대에서 내려가 문밖으로 나가는 것이 보인다. 분홍색 원피스를 맞춰 입는다고 우리가 닮았다고 생각하는 사람은 없을 것이다. 이 방은 안전하다는 느낌이 들지 않는다. 왜일까. 분홍색 커튼과 네 개의 기둥이 있는 포근한 침대인데 말이다. 방 한쪽에 놓인 나무 상자는 장난감으로 가득하다. 침대 발치에 있는 선반에는 금발에 눈이 파란 아름다운 인형들이 놓여 있다. 아빠가 사 준 선물들이다. 하지만 나는 인형이 마음에 들지 않는다.

침대에서 내려오다가 책의 모서리를 밟는다. 허리를 구부려 책을 집어 든다. 〈독버섯〉이다. 이것도 아빠가 준 선물인데, 역시 마음에 들지 않는다. 책이 손에서 미끄러져 바닥에 떨어진다. 나는 잠옷의 주름을 펴고 맨발로 화장실에 간다. 공기가 축축하고 거울에 김이 서려 있다. 엄마가 일어났다는 뜻이다. 엄마는 식탁에 앉아 나와 에바를 기다리고 있을 것이다. 칫솔에 치약을 묻혀서 재빨리 이를 닦는다. 물로 얼굴을 씻는다. 비누에는 쓴 것처럼 보이도록 물을 묻혀 놓는다. 그리고 'GH'라고 이니셜이 수놓아진 수건으로 얼굴을 닦는다.

그 순간, 쾅 천둥이 쳤다. 나는 생각에서 깨어났다. 번개가 치자 부엌이 대낮처럼 밝아졌다. 과거의 기억들이 마치 방금 일어난 일처럼 생생했다. 나는 식탁에 놓인 물을 한 모금 마시고 좀 더 생각하려고 했다. 하지만 기억은 금세 사라져 버렸다. 에바는 내 동생일까? 나는 왜 동생을 사랑하지 않는 걸까?

기억 속에서 두렵고 무서운 일은 없었다. 그런데 나는 왜 두려운 걸까. 'GH'는 어떤 이름의 약자일까. 나는 식탁에 앉아서 쏟아지는 빗줄기와 이따금 들이치는 번개를 바라보왔다. 기억 속에서 나는 좋은 옷을 입고 맛있는 음식을 먹었다. 엄마, 아빠, 동생도 있었다. 그런데 왜 행복하지 않은 걸까.

마루를 밟는 소리와 화장실 문이 열리는 소리가 났다. 밖은 여전히 어두웠다. 아저씨가 벌써 일하러 갈 준비를 하는 모양이었다. 창밖으로 비를 맞은 그네가 희미하게 보였다. 아저씨가 나에게 그네를 보여 주면서 행복해하던 얼굴이 떠올랐다. 이제 내가 아저씨를 놀라게 해 줄 차례였다. 나는 싱크대로 가서 주전자에 물을 올렸다. 아이스박스에서 베이컨을 찾아 프라이팬에 구웠다. 달걀 두 개도 함께 익혔다. 화장실 문이 열리기 전에, 나는 서둘러 아저씨 자리에 아침 식사를 준비해 두었다.

아저씨가 작업복을 입고 비누 냄새를 풍기며 부엌으로 들어왔다. 젖은 머리는 단정하게 빗어 넘겼다. 아저씨는 깜짝 놀라 나를 보고, 식탁 위에 놓인 접시를 보았다.

"나디아, 이게 뭐냐?"

믿을 수 없다는 듯이 아저씨의 눈동자가 커졌다.

"잠이 안 와서요. 그리고 아저씨를 위해서 무언가 해 드리고 싶었어요."

아저씨가 나에게 다가와서 어깨를 감싸며 머리에 뽀뽀를

했다.

"정말 착하구나. 고맙다."

"드세요. 식겠어요."

나는 눈물을 삼키며 말했다.

아저씨는 재빨리 아침을 먹고 차를 마셨다. 일터에 늦을까 봐 서둘렀다. 나는 아저씨가 나간 뒤 설거지를 했다. 그리고 아줌마와 함께 먹을 아침 식사를 준비했다.

아침을 먹고 나서 그림 사전을 챙겼다. 아줌마가 선생님 집까지 데려다주었다. 오늘은 새로운 단어와 문장을 공부했다. 미하일로는 어제와 마찬가지로 점심 식사 후에 왔다. 오늘은 웬일인지 나에게 친절했다. 나는 선생님과 거실에서 공부를 하고, 미하일로는 식탁 의자에 앉아서 선생님이 내 준 숙제를 했다.

"빨리 배우는구나, 나디아."

선생님이 만족스러운 미소를 지었다. 나는 무릎에 두었던 그림 사전을 탁자 위에 올렸다.

"오늘도 이 책을 집에 빌려 가고 싶니?"

"네, 빌려 가고 싶어요."

"제가 나디아를 도서관에 데리고 갈까요? 그러면 다른

책으로 영어를 더 많이 공부할 수 있을 텐데요."

미하일로의 목소리가 부엌에서 들려왔다.

미하일로는 나를 데리고 곧바로 도서관으로 향하지 않았다. 대신에 시내를 잠시 걸으며 극장, 시장, 시청 등을 구경시켜 주었다. 시청 앞에는 긴 회색 자동차가 세워져 있었다.

미하일로가 말했다.

"저 차는 시장님만 타는 차야."

우리는 도서관에 도착했다. 크고 하얀 계단을 올라가서 유리문을 열자, 안에서 시원한 바람이 불어왔다. 책과 가구 냄새가 났다.

"어린이들이 읽는 책은 이쪽에 있어."

미하일로가 지하로 향하는 계단으로 나를 데려갔다. 중앙에 놓인 긴 탁자를 지났다. 그런데 그곳에는 책이 별로 없었다. 책장이 대부분 비어 있었다.

"저쪽으로 가 봐도 될까?"

나는 책이 가득한 쪽을 가리켰다.

"사서 선생님을 먼저 찾아야 해. 도서관 카드를 만들어야 하거든."

그때 구불거리는 금발 머리에 파란색 안경을 쓴 예쁜 여자가 들어왔다.

"안녕, 미하일로. 친구를 데려왔구나."

"이 친구의 이름은 나디아예요."

"안녕하세요?"

나는 사서 선생님에게 인사를 했다.

"나디아는 도서관 카드를 만들어야 해요. 제가 서류 쓰는 걸 도와줄 수 있어요."

사서 선생님이 서랍을 열더니 연필과 서류를 주었다.

"전화번호와 주소를 적으면 된단다."

나는 가슴이 덜컥 내려앉았다.

"저희 집에는 전화가 없어요."

미하일로가 서류를 가져갔다.

"내가 해 줄게. 너희 아빠가 일하는 공장 전화번호를 적을게. 우리 아빠랑 같은 곳에서 일하니까 내가 전화번호를 알아."

"고마워, 미하일로."

우리는 도서관 카드를 만든 다음, 왼쪽 서가로 갔다.

"여기에 쉽고 재미있는 책들이 많아."

벽면 모두 책으로 가득하고 복도에도 책이 꽂혀 있었다. 숨이 턱 막혔다.

방 안에 책이 가득하다. 하지만 나는 책을 읽을 수 없다. 이곳은 금지 구역이니까.

"이 책은 〈넌 할 수 있어, 꼬마 기관차〉야. 너도 읽으면 재미있을 거야."

미하일로가 책을 한 권 꺼내 주었다.

"나는 다른 서가에 가 있을게. 지루해지면 내가 있는 곳으로 와."

나는 책을 얼굴에 가까이 가져가서 잉크와 종이 냄새를 맡았다. 향긋했다. 이곳에서 책을 빌려서 집에 가져갈 수 있다는 사실이 믿어지지 않았다. 책을 펼쳤다. 그림을 보니 옛날 기억이 떠올랐다.

기차 장난감이 칙칙폭폭 움직인다. 장난감이 가득한 상자와 금발 머리에 눈이 파란 인형들.

나한테 재미있는 책은 아닌 것 같았다. 나는 책을 꽂아 두고 아기 고양이 세 마리가 그려진 책을 꺼냈다. 아기 고양이와 벙어리장갑 그림을 보면서 내용을 이어 갔다.

어떤 책을 골라야 할지 어려웠다. 나는 책을 몇 권 더 읽다가 제자리에 꽂아 두고 다른 서가를 둘러보았다. 하지만 그림이 많지 않고 더 두꺼운 책들이었다. 미하일로가 구석에 앉아 있는 것이 보였다.

"무슨 책을 빌려 갈 거야?"

내가 물었다.

미하일로는 바닥에 놓인 책들을 가리키며 말했다.

"오늘은 〈톰 소여의 모험〉을 빌려 갈 거야. 너는?"

"나는 결정을 못 했어."

"내가 처음 브랜트퍼드에 왔을 때 좋아했던 책을 몇 권 보여 줄게."

미하일로는 〈톰 소여의 모험〉을 팔에 끼고 뒤쪽에 있는 그림책 책장으로 향했다.

"이거야. 영어로 숫자를 공부하기 좋은 책이야."

미하일로가 책장에서 큰 책 한 권을 꺼냈다.

매킨토시 선생님의 그림 사전과 비슷한 숫자 책이었다.

"고마워, 미하일로. 나에게 딱 맞는 책이야."

집에 돌아오자 이반 아저씨가 거실 바닥에 엎드려서 벽과 바닥이 만나는 가장자리를 따라 못을 박고 있었다.

"제가 뭘 좀 도와드릴까요?"

아저씨가 일을 멈추고 나를 보며 미소를 지었다.

"물 한 잔만 가져다주면 고맙겠구나."

나는 도서관에서 빌려 온 책을 식탁에 올려놓았다. 그리고 싱크대에서 물을 받아서 아저씨에게 가져다주었다. 아저씨는 한 번에 물을 들이키고는 컵을 주었다. 나는 다시 부엌으로 들어가서 창밖을 바라보았다. 이곳에서는 나의 기억이 떠오를 것 같았다. 나의 얼굴, 나의 눈, 나의 머리카락…….

나는 분홍색 원피스를 입고 있다. 분홍색 원피스를 보니 속이 울렁거린다. 계단을 내려가자, 엄마가 식탁에 앉아 있다. 요리사 아줌마가 엄마에게 오트밀을 가져다준다. 에바는 이미 반쯤 먹었다. 식탁 위의 크리스털 접시에는 여러 종류의 베리와 사과, 포도 들이 담겨 있다. 아줌마가 내 앞에 그릇을 가져다준다. 시나몬 가루와 설탕을 뿌렸지만 나는 오트밀을 좋아하지 않는다.

"한 시간 뒤에 집회가 시작돼. 얼른 먹어."

엄마의 눈이 기대감으로 반짝인다.

에바가 마지막 남은 오트밀을 떠서 입에 넣고는 스푼을 탁 내려놓고 일어난다.

"다 먹었어요!"

"가서 머리빗 가져와. 에바 머리 먼저 해 주고 너도 빗어 줄게."

나는 맛을 느끼지 않고 가능한 빨리 오트밀을 먹는다. 에바가 분홍색 머리끈과 빗, 손거울을 들고 내려온다.

엄마가 갈색빛이 도는 에바의 금발 머리를 빗어 준다. 엉킨 머리카락이 풀어져 등 뒤에서 부드럽게 찰랑거린다. 엄마는 능숙하게 머리를 두 가닥으로 나누어 땋고 양 끝에 분홍색 리본을 달아 준다.

이제 내 차례다. 엄마가 머리를 세게 잡아당겨서 땋기 시작한다.

"아주 예쁘구나."

하지만 목소리가 차갑게 들린다.

기억 속의 내 얼굴은 언제나 똑같다. 나는 내 얼굴이 예쁘다고 생각해 본 적이 없다.

작은 나치 깃발을 양쪽에 매단 검은색 차가 시동을 켠 채 문 앞에 서 있다. 군복을 입은 남자가 뒷문을 열어 준다. 엄마가 먼저 타고 그 뒤를 따라 에바와 내가 탄다. 광이 나는 검은색 가죽 시트는 푹신하게 부풀어 있다. 경쾌한 소리를 내며 문이 닫히고 차가 출발한다.

빠르게 달려 도시로 들어가는 데 삼십 분 정도 걸린다. 길이 좁다. 운전사가 속력을 줄인다. 우리는 차 속에서 환호하는 사람들에게 손을 흔든다. 무대 가까이에서 차가 멈춘다. 우리가 차에서 내릴 수 있도록 군인들이 사람들을 밀어낸다. 그리고 우리를 자리로 안내한다. 자리에는 나치 장교들과 가족들이 앉아 있다. 우리는 강단에서 가까운 앞줄 자리에 앉는다.

또 다른 검은색 차가 도착하자 사람들이 환호성을 지른다. 총통이 내리자 사람들의 함성이 더욱 커진다. 아빠가 총통 바로 뒤를 따른다.

총통이 무대에 오르자 사람들이 외친다.

"히틀러, 만세! 히틀러, 만세!"

총통은 소리가 들리지 않는 듯 앞만 보고 걷는다. 그러다가 나에게 다가와서 눈높이에 맞게 몸을 구부린다. 총통의 얼굴이 가까워지자, 코털이 보이고 머리에 바른 포마드 냄새가 희미하게 난다.

"완벽한 아리아 인(인도와 유럽 어족에 속하는 인종으로 그리스인, 로마 인, 게르만 인, 슬라브 인, 켈트 인으로 확장된 것으로 추정된다.-옮긴이) 소녀의 표본이구나."

총통이 내 볼을 살짝 꼬집는다. 나는 미소를 짓는다. 아빠는 자신만만한 얼굴로 총통 뒤에 서 있다. 하지만 에바는 울 것 같은 얼굴이고, 엄마는 입술이 하얘진다. 아빠는 에바와 엄마 사이에 앉는다. 그리고 엄마의 손을 잡고 입을 맞춘다.

총통이 강단에 올라 연설을 시작한다.

"나디아, 뭐 하고 있니?"

나는 마루시아 아줌마의 목소리에 깜짝 놀라 자리에서
펄쩍 뛰었다. 유리잔을 떨어트릴 뻔했다. 나는 눈을 두어 번
깜빡였다. 나는 지금 브랜트퍼드 집 부엌 창문 앞에 서 있
었다.

고개를 돌렸더니, 아줌마와 아저씨가 식탁 옆에 서 있었
다. 아저씨는 한 손에 망치를 든 채 걱정스러운 얼굴로 나
를 바라보았다.

나는 히틀러의 얼굴을 떨쳐 내려고 머리를 흔들었다. 내
가 히틀러를 만난 것이 사실이라면, 나는 나치였던 게 분명
하다. 마루시아 아줌마가 나에게 말해 주지 않는 진실은 무
엇일까.

나는 정말 누구일까.

나도 모르게 눈물이 줄줄 흘렀다. 다리가 후들거려서 식
탁 의자에 주저앉았다. 아줌마가 의자 옆으로 다가와 나를
안고 토닥거려 주었다. 아저씨는 내 옆에 무릎을 꿇고 앉아
서 걱정스럽게 지켜보았다.

"괜찮니?"

아저씨의 눈에 두려움이 가득했다.

"네. 그냥 생각 중이었어요."

"아까 네가 '히틀러, 만세!'라고 소리쳤어."

"어떤 생각이 떠올랐니?"

이번에는 아줌마가 물었다.

"시골집과 가족요. 그밖에 다른 것들도요."

"생각난 것들에 대해 얘기해 줄 수 있니?"

"싫어요!"

아줌마와 아저씨는 내 과거가 얼마나 부끄러운지 이해할 수 없을 것이다. 마루시아 아줌마는 내가 나치가 아니라고 주장하지만 내 기억은 자꾸 맞다고 말한다. 끔찍한 과거가 사라진다면 얼마나 좋을까.

"너의 기억을 말할 필요가 있어, 나디아. 모두 기억날 때 까지 악몽을 꾸게 될 거야."

아저씨가 말했다. 아저씨의 말이 맞을지도 모른다.

"전쟁 중에 우리에게 어떤 일이 일어났는지 말해 주면 도움이 되겠니?"

아저씨가 의자를 끌고 와서 내 눈을 들여다보았다. 나는 아저씨의 말에 놀랐다. 아저씨는 한 번도 과거에 대해서 얘기한 적이 없었기 때문이다.

"네. 아저씨는 전쟁 중에 무엇을 했는지 듣고 싶어요."

아저씨는 잠시 동안 아무 말도 하지 않았다. 하지만 곧 눈시울이 붉게 물들었다. 아저씨는 눈물을 삼키고 심호흡을 하고는 입을 열었다.

"내 이야기는 다른 사람들과 비슷해. 1941년에 소련군이 쳐들어와서 아버지와 형을 죽였어. 소련군은 수천 명의 남자들을 죽였지. 심지어 여자와 어린아이들까지. 나는 소련군에게 붙잡혔어. 하지만 운 좋게 나치가 침입했단다."

나와 이반 아저씨의 눈이 마주쳤다. 내 얼굴은 수치심으로 달아올랐다. 아저씨는 나를 안고 있는 마루시아 아줌마를 올려다보았다. 그러고는 한숨을 내쉬며 말을 이었다.

"소련군보다 나쁜 군대는 없을 거라고 생각했는데, 내 생각이 틀렸어. 나치도 그만큼 악랄했지. 내 여동생은 나치에게 붙잡혀 갔어. 어머니는 강제 수용소로 끌려갔고. 우리 가족 중에 살아남은 사람은 나뿐이야. 나는 비밀 단체에 들어가서 어떤 때는 나치와 싸우고, 어떤 때는 소련군과 싸웠어. 어느 군이 가까이 오는지에 따라 달랐지. 그래서 전쟁이 끝나고 난민 캠프에 가게 된 거야."

슬픔이 물밀 듯이 밀려왔다.

"아저씨, 죄송해요."

눈물이 볼을 타고 흘렀다.

"나디아, 기억은 입 밖으로 꺼낼 필요가 있어. 그러니까 떠오르는 생각들을 우리에게 말해 주렴."

아저씨는 나를 오랫동안 꼭 안아 주었다. 아마도 아저씨의 말이 옳을 것이다. 하지만 나는 아직 마음의 준비가 안되었다. 우리는 한참 동안 아무 말도 하지 않고 각자의 생각에 잠겨 있었다. 나는 기억의 조각들을 맞춰 보려고 노력했다.

으리으리한 저택과 인형들로 가득한 침실. 분홍색 원피스. 그런데 나는 왜 분홍색 원피스를 싫어했을까. 'GH'라는 이니셜이 새겨진 수건. 'GH'는 어떤 이름의 약자일까. 엄마, 아빠, 에바는 진짜 나의 가족일까. 그리고 히틀러와의 만남. 그 기억이 사라지기를 얼마나 바랐는지. 하지만 냄새까지 기억날 정도로 선명했다.

이반 아저씨는 나치를 증오한다. 나치가 아저씨의 가족에게 한 짓을 생각하면 그럴 수밖에 없었다. 내가 정말 나치라면 아저씨는 나를 지금처럼 사랑해 줄까. 어느 누구라도 나를 사랑할 수 없을 것이다. 그래서 나는 누구에게도 나의 기억들을 말할 수 없다.

내 이름은 나디아가 아니고 G로 시작하는 이름이다. 아주 큰 집, 검은색 자동차, 히틀러의 얼굴이 내 기억 속에 사진처럼 찍혀 있다. 마루시아 아줌마는 내 과거에 대해서 거짓말을 하고 있는 게 분명했다.

6장
라일락 빛깔

여름은 빠르게 지나갔다. 마루시아 아줌마는 농장에서 딸기 따는 일을 구했다. 딸기 따는 일이 끝나면 농장에서 나는 다른 농작물을 거둬들이는 일을 한다고 했다. 나는 매킨토시 선생님의 집에서 계속 영어 공부를 했고 미하일로와 도서관에 갔다. 사서 선생님은 우리를 볼 때마다 웃으며 반겨 주었다. 새로 들어온 책이 있으면 보여 주고 우리가 좋아할 만한 책을 소개해 주었다. 나는 조금씩 마음의 평화를 찾고 있었다. 이따금씩 떠오르던 기억들과 악몽도 사라지는 것 같았다.

매주 토요일, 이반 아저씨가 너무 피곤하지 않으면 우리 셋은 던다스 거리에 있는 회관까지 걸었다. 마을에 사는 우크라이나 인들이 빌린 건물이었다. 마루시아 아줌마는 우리 셋이 함께 외출하는 날을 특히 좋아했다. 아줌마는 농장에서 일할 때는 낡은 남자용 작업복을 입고, 집으로 돌아올 때는 벼룩시장에서 산 원피스로 갈아입었는데, 토요일 오후에는 멋진 블라우스와 치마를 차려입었다.

사람들은 악단을 만들어 음악을 연주하고 춤을 추기도 했다. 어떤 때에는 탁자에 둘러앉아서 이야기를 나누었다. 마루시아 아줌마는 가족이나 친구를 찾는 사람들과 함께 앉아서 적십자에 편지를 쓰기도 했다. 사람들은 서로 그동안 살아 온 이야기를 나누고 편지를 서로 돌려 보기도 했다. 회관에는 우크라이나 어를 할 줄 아는 아이들이 있어서 기분이 좋았다. 미하일로도 자주 왔다. 그런데 이곳 아이들 중에서 미하일로와 나만 중앙 학교에 다닌다는 걸 알고 놀랐다. 아이들 숫자가 많지도 않고, 도시 곳곳에 흩어져 살고 있기 때문이었다. 그중 캐나다에서 태어난 자매가 있는데, 그 아이들은 우크라이나 어를 잘하지 못했다. 얼마 뒤, 자매는 미국 그랜드뷰로 이민을 갔다. 안경을 쓴 키 큰 소년도 있었는데 폴란드 어 억양이 섞인 우크라이나 어를 썼다. 그 남자아이는 성 바실 학교에 다닐 거라고 했다.

매주 일요일 오전에 우리는 좋은 옷을 차려입고 테라스

힐 거리에 있는 우크라이나 성당에 갔다. 성당은 회관에서 한 블록 떨어진 곳에 있었다. 작은 성당인데 미사에 참석하는 사람이 많아서 자리에 앉으려면 집에서 일찍 출발해야 했다. 찬송가를 부를 때 음정이 맞는 사람이 얼마 되지 않았지만, 나는 찬송가를 듣는 게 좋았다. 성당은 내가 온전히 안전하다고 느끼는 유일한 장소였다. 찬송가 소리에 둘러싸이고 미사에 쓰이는 향냄새를 맡으면 평온했다. 보호받고 있다는 느낌이 들었다.

이반 아저씨는 8월 마지막 주까지 퇴근 후 집에 와서 일을 했고 결국 집수리를 끝냈다. 마루시아 아줌마는 매일 아침 트럭을 타고 버포드에 있는 농장으로 갔다. 들판에서 오랫동안 힘든 일을 하느라 아줌마의 손은 퉁퉁 부었다.

아줌마는 우체부가 올 때마다 급히 달려가 편지 봉투를 살펴보았지만 기다리는 편지가 오는 것 같지 않았다. 한 번은 내가 편지에 대해서 물었다. 그러자 아줌마의 눈에 눈물이 가득 찼다.

"지금은 말하기 힘들구나."

아줌마는 편지에 대해 이렇게밖에 얘기하지 않았다. 내 생각에 아줌마는 적십자에서 친척의 소식이 오기를 기다리는 것 같았다. 회관에서 누군가 편지를 받으면 사람들을 모아 놓고 읽어 주었다. 어떤 때는 좋은 소식이고, 어떤 때는 나쁜 소식이었다. 우리는 함께 기쁨과 슬픔을 나누었다.

아줌마는 전쟁 전에 약학을 공부했다. 하지만 전쟁이 터지면서 포로로 끌려가서 공장에서 일했다. 그 뒤에는 내가 살던 농장의 저택에서 요리사로 일했다. 아줌마는 이제 자유의 몸이 되었지만 여전히 힘든 일을 해야 했다. 때때로 아줌마의 얼굴에서 괴로움이 보였다. 내가 괜찮은지 물어보면 아줌마는 항상 미소를 지었다.

"괜찮아, 나디아. 그냥 생각 중이야."

우리는 자주 뒷마당 계단에 앉아서 도서관이나 매킨토시 선생님에게 빌려 온 책을 읽었다. 마루시아 아줌마의 꿈은 영어를 배워서 상점이나 약국에 일자리를 얻는 것이었다. 이반 아저씨는 영어로 말은 잘하지만 읽고 쓸 줄은 몰랐다. 내가 얼른 학교에 다녀서 배운 것을 가르쳐주기를 바라는 것 같았다.

새 학기가 시작되기 일주일 전쯤, 내가 매킨토시 선생님 집에서 돌아오자 아저씨가 문 앞에서 맞아 주었다. 얼굴 가득 미소를 띤 채로.

"나디아, 드디어 네 방 벽 색깔을 고를 날이 왔구나."

안 되는데……. 아직은 안 되는데…….

나는 이미 거실에서 잠자는 일에 익숙해졌다.

"저는 침실이 필요 없어요. 계속 거실에서 자면 안 될까요? 다락은 창고로 쓰셔도 돼요."

아저씨는 의아한 표정으로 나를 바라보며 고개를 저었다.

"나디아, 너는 방이 필요해."

나는 아무 말도 하지 않았다. 아저씨는 내 손을 붙잡고 문밖으로 이끌었다.

"네가 방을 좋아하게 될 날이 올 거다."

페인트 가게는 도서관에서 두 블록 떨어진 콜본 거리 모퉁이에 있었다. 아저씨는 한 손으로 문을 열며 나에게 들어오라는 손짓을 했다. 페인트 냄새가 기억의 한 조각을 끌어당겼지만 다행히 떠오르지는 않았다.

가게 안에는 금속 페인트 통이 벽과 통로에 쌓여 있었다. 여러 색깔을 보고 싶었지만 페인트 통에는 대부분 흰색 라벨이 붙어 있었다. 아저씨는 나를 진열대로 데려가서 색상표를 펼쳤다. 첫 장에는 노란색과 금색이 단계별로 있었다. 아저씨는 기대에 찬 얼굴로 나를 바라보았지만, 나는 고개를 흔들었다. 노란색은 해가 생각났다. 나는 햇빛을 좋아한다. 하지만 노란색은 나를 슬프게 하는 색이기도 했다.

나는 검은색 차에 타고 있다. 차에는 나와 아빠와 운전사뿐이다. 차가 가시철사를 둘러친 담벼락 안으로 들어선다. 문에는 "노동이 너희를 자유케 하리라!"라는 표어가 씌어 있다. 속이 울렁거린다. 아빠가 먼저 차에서 내린 뒤, 밖에서 내 손을 붙잡는다.

아빠는 나를 굶주린 여자들과 아이들이 줄을 선 곳으로 데려간다. 어떤 사람들은 두꺼운 옷을 입고 있고, 어떤 사람들은 여름옷을 입고 있다. 모두 가슴에 노란색 별을 달고 있다. 내 또래의 소녀가 한때 아름다웠을 것 같은 노란색 원피스를 입고 있다. 소녀의 엄마는 노란색 원피스를 입으면 노란색 별이 잘 보이지 않을 거라고 생각했을까. 소녀와 눈이 마주친다.

"저 사람들을 쳐다보지 마라."

아빠가 내 손을 잡아당긴다. 사람들을 지나 창고로 들어간다. 화려한 옷과 장신구로 가득한 상자가 쌓여 있다. 모피 코트, 푸른색 새틴 슬리퍼, 왕관 장신구, 웨딩드레스⋯⋯. 체격이 좋은 군인이 책상 앞에 앉아 있다. 남자는 일어나지 않고 고개를 살짝 숙여 인사한다. 두려움에 심장이 두근거린다. 아빠가 나에게 화가 난 걸까. 나를 여기에 두고 가면 어떻게 하지. 나에게는 노란색 별이 없는데⋯⋯.

군인은 나를 아래위로 살펴보더니 웃는다. 이가 누렇고 살이

쪄서 제복이 목에 꽉 끼어 보인다.

"네가 그레첸이구나."

나는 두려움에 입이 안 떨어진다.

"지금 입은 것보다 더 좋은 옷이 필요해."

아빠의 말에 군인은 내 파란색 원피스와 흰색 블라우스를 쳐다본다.

"이 아이에게 좋은 옷을 찾아 주겠습니다."

우리는 창고에서 나와 노란색 별을 달고 있는 여자들과 아이들을 지나쳐 걸어간다. 등 뒤에서 따가운 눈빛이 느껴진다.

"이건 어떠니?"

이반 아저씨가 물었다.

그레첸…….

나는 눈을 깜빡였다. 그레첸 힘멜. 이니셜은 GH. 내 이름은 그레첸 힘멜이었다.

나는 다시 눈을 깜빡였다. 이곳은 페인트 가게였다. 나는 아저씨가 손으로 가리키는 색을 보았다. 옅은 노란색이었다.

"싫어요."

노란색은 죽음을 의미했다. 노란색 방에서는 절대로 잠을 잘 수 없었다. 나는 책장이 찢어질 만큼 재빨리 넘겼다.

"조심해."

아저씨가 광택이 나는 종이에 잡힌 주름을 조심스럽게 폈다. 나는 과거와 현재 사이 그 어디쯤에 있는 것 같았다. 시간을 꼭 붙잡아서 떨어지지 않아야 했다. 아저씨가 나를 걱정스럽게 쳐다보았다.

"왜 그러니, 나디아?"

나는 숨을 들이마시고 생각을 정리했다.

"아무것도 아니에요. 다른 색깔을 살펴볼게요."

다음 페이지는 분홍색과 빨간색이었다. 기억 속 분홍색 원피스와 비슷한 연분홍색부터 핏빛을 닮은 진자주색까지……. 이 색깔도 싫었다.

다음 장은 푸른색이었다. 나도 모르게 연보라색에 손이 갔다. 꽃향기가 머릿속에서 피어오르는 것 같았다. 마당에 심은 조그만 라일락 나무가 생각났다.

"방을 그 색으로 칠하면 좋겠니?"

라일락 빛깔은 내가 안전하다고 느끼게 해 줄 것 같았다. 작은 방에서 잠을 자는 것이 내키지는 않지만 마음을 편안하게 해 줄 것 같았다.

아저씨가 점원에게 연보라색 페인트 한 통을 주문했다. 우리는 페인트를 들고 집으로 걸어왔다. 아저씨와 나는 함께 페인트를 칠했다. 작업은 그리 오래 걸리지 않았다. 아저씨는 내가 답답하지 않도록 문을 떼어 주었다. 벽이 마를 때까지 나는 며칠 동안 거실에서 잠을 잤다.

내 방에서 처음 잠을 자는 날, 초조하고 떨렸다. 아저씨는 내 마음을 알아채고는 램프를 구해다 나무상자 위에 놓아 주었다.

"무서우면 불을 켜."

아저씨는 매트리스 한쪽에 앉아서 내가 잠들 때까지 자장가를 불러 주었다. 그날 밤, 나는 라일락 나뭇가지가 봄바람에 흔들리는 꿈을 꾸었다.

7장
학교

여름이 끝나 갈 무렵, 나는 마루시아 아줌마를 자주 볼 수 없었다. 아줌마는 저녁 식사 때까지 집에 오지 못할 만큼 일이 늦게 끝났다. 저녁 식사를 준비하는 일은 내 차지가 되었지만, 괜찮았다. 나는 아줌마가 농장에서 가져온 채소들로 식사를 준비했다. 양배추, 오이, 옥수수, 토마토, 복숭아, 양파 등 먹을 것이 많았다. 우리는 옥수수 샐러드와 삶은 감자를 먹고 가끔은 소시지도 먹었다. 난민 캠프에서는 줄곧 수프만 먹었는데…….

새 학기가 시작되는 날, 아줌마는 아침 일찍 나를 깨웠다.

"선물이 있어."

우리가 브랜트퍼드에 온 첫날, 이웃에게 선물로 받은 하늘색 천으로 만든 블라우스와 치마였다. 이 옷을 만드느라 아줌마가 얼마나 시간을 쪼갰을지 상상조차 할 수 없었다. 블라우스 깃에는 흰색 실로 데이지 꽃이 수놓아져 있고, 치마는 주름이 잘 잡혀 있었다. 눈물이 날 것 같았다.

"얼른 입어 봐. 첫날 지각하면 안 되잖니?"

나는 소매에 팔을 끼우고 흰 단추를 잠갔다. 단춧구멍마다 수가 놓아져 있었다. 치마는 맞춘 듯 몸에 잘 맞았다. 아줌마는 무릎까지 올라오는 흰색 새 양말도 준비했다. 그리고 환하게 웃으며 종이봉투에서 반짝거리는 검정 구두를 꺼냈다. 나는 양말을 무릎까지 올리고 신발에 발을 넣었다.

"거의 새 신발이란다. 네 맘에 들었으면 좋겠구나."

솔직히 마루시아 아줌마와 나는 진짜 엄마와 딸이 아니기 때문에 조금 서먹했다. 하지만 치마 주름마다, 블라우스 바늘땀마다 아줌마의 사랑과 정성이 가득한 걸 느낄 수 있었다. 정작 아줌마의 블라우스는 깃이 해어졌는데……. 만족스럽게 웃는 아줌마의 얼굴이 주름졌다. 나는 그만 아줌마에게 와락 안겼다. 뜨거운 눈물이 볼을 타고 끊임없이 흘러내렸다.

"나디아, 우리 나디아. 너를 행복하게 해 주고 싶었어."

아줌마가 손등으로 내 눈물을 닦아 주었다.

나는 대답을 하고 싶었지만 목이 메어 말을 할 수가 없었다. 내가 아줌마에게 얼마나 고마워하는지 알아주기를 바라면서 그저 고개만 끄덕였다. 그리고 부은 눈을 가라앉히기 위해 찬물로 세수를 했다.

아줌마는 내 머리를 땋기 시작했다. 오늘은 특별히 땋은 머리를 왕관처럼 빙 둘러 주었다. 커다란 하얀 리본도 달아주었다. 나는 거울을 보았다. 그런데 거울 속에 다른 아이가 서 있었다. 분홍색 원피스를 입은 어린아이가 울어서 눈이 빨개진 채 서 있었다.

"나디아, 귀신을 본 것 같은 표정이구나."

아줌마의 말에 나는 눈을 깜빡였다. 어린아이가 연기처럼 사라졌다.

아줌마는 나를 학교까지 데려다주었다. 우리는 텅 빈 복도를 걸었다. 아줌마가 내 손을 잡고 복도를 돌아 왼쪽으로 갔다.

"교실은 이쪽이야."

문을 두드려도 아무 소리가 없자 아줌마는 손잡이를 돌렸다. 문이 열렸다.

"나디아, 좋은 하루 보내렴."

아줌마는 나에게 인사를 하고 학교를 나섰다. 아줌마가

가고 나서야, 나는 아줌마가 농장으로 가는 트럭을 놓쳤다는 걸 깨달았다.

나는 텅 빈 교실로 들어갔다. 전에 동네를 산책할 때 교실 안을 들여다본 적이 있었다. 교실 앞에는 큰 칠판과 교탁이 있고, 책상이 줄을 맞추어 가지런히 놓여 있었다. 나는 어느 자리에 앉게 될까. 선생님이 교실에 들어와서 아무 자리에 앉았다고 화를 내지는 않을까. 나는 뒷자리 구석에 있는 의자에 앉아서 누군가 들어오기를 기다렸다.

전에 난민 캠프에서 역사와 영어를 공부한 적이 있었다. 그때는 긴 의자에 앉아서 무릎을 책상 삼아 공부했다. 벽에는 타라스 셰우첸코(우크라이나의 민족 시인이자 화가, 인문학자이며 시집 〈아 우크라이나여! 드네프르강이여!〉가 있다.-옮긴이)의 포스터가 붙어 있었다. 전쟁 중에 시인의 사진이 불타지 않았다는 것이 너무 신기했다. 아마도 캐나다나 미국에서 보낸 구호 물품에 들어 있었을 것이다. 무뚝뚝한 선생님이 가르쳐 준 독일어 수업도 어렴풋이 떠올랐지만 잘 기억나지는 않았다.

나는 아줌마가 만들어 준 예쁜 옷을 만져 보았다. 나를 위해 한 땀, 한 땀 바느질한 아줌마의 사랑이 느껴졌다.

아빠가 거실에 앉아 있다. 검은 군복이 위압적이다. 긴 가죽 부츠는 진흙 범벅이다. 상관없다. 집에서 일하는 사람들이 닦을 테니까. 아빠는 탁자 위에 상자를 올려놓는다. 엄마는 아빠 맞은편에 등을 꼿꼿하게 세우고 어색한 미소를 띤 채 앉아 있다. 그리고 옆자리를 손으로 탁탁 두드린다. 에바가 그곳에 앉는다. 나는 에바 옆에 앉는다.

"이건 그레첸 선물이다."

아빠가 말한다.

나는 신이 나서 갈색 포장지를 만진다.

"열어 봐!"

에바가 말한다.

에바는 잔뜩 기대하는 얼굴이다.

나는 상자를 무릎에 올려놓고 포장지를 찢는다. 아름다운 분홍색 실크 원피스다. 한 번도 입어 보지 못한 옷이다. 기뻐야 마땅하지만 왠지 마음이 무거워진다. 하지만 아빠를 향해 기쁜 얼굴로 말한다.

"고맙습니다."

아빠가 웃는다.

"이제 힘멜 가족 모두가 멋진 모습으로 집회에 갈 수 있겠구나."

나는 원피스를 방으로 가져가 어깨에 대고 거울을 본다. 내가 다른 아이처럼 보인다.

그날 밤, 나는 잠을 이루지 못한다. 침대 옆 작은 등을 켜고 원피스를 입는다. 세탁 세제 냄새와 희미한 다른 냄새가 난다. 땀 냄새일까. 나는 옷을 뒤집어서 살펴본다. 지퍼 한쪽에 작은 리본이 달려 있다. 리본에 작은 글씨로 '레이첼 골드스테인'이라는 이름이 수놓아져 있다.

한 소녀의 얼굴이 떠오른다. 노란색 원피스를 입고 노란색 별을 달고 줄을 서 있던 소녀가.

나는 원피스를 벗어 던져 버린다.

창문 밖으로 웃고 떠드는 아이들의 목소리가 들려왔다. 나는 퍼뜩 현실로 돌아왔다. 눈물이 날 것 같아서 숨을 크게 쉬었다.

아이들의 소리가 점점 가까워지지만 교실 안으로 들어오는 아이는 아무도 없었다. 교실에 앉아 있지 않고 밖에서 선생님을 기다려야 하는 걸까.

그때, 단발머리를 한 선생님이 들어왔다. 선생님은 나를 향해 웃으며 말했다.

"새로 온 학생이구나. 나탈리아 크래프트추크."

나는 벌떡 일어나서 고개를 숙여 인사를 했다.

"안녕하세요, 선생님. 제 이름은 나디아 크라프추크입니다."

선생님이 나에게 손을 내밀었다.

"나는 페리스 선생님이야. 친구들이 곧 들어올 거야."

나는 선생님과 악수를 했다. 선생님은 다시 교실 밖으로 나갔고, 나는 자리에 앉았다.

몇 분 뒤, 갑자기 종이 울려서 깜짝 놀랐다. 복도는 아이들 목소리로 시끌벅적했다. 페리스 선생님이 교실에 들어왔다. 뒤를 이어 아이들이 들어왔다.

8장
아리아 소녀의 표본

머리가 짧고 키가 큰 남자아이가 가장 먼저 교실에 들어
왔다. 남자아이는 주위를 둘러보다가 나와 눈이 마주쳤다.
그런데 나의 구두, 옷, 머리 리본을 쳐다보고는 웃기 시작했
다. 나는 부끄러워서 얼굴이 달아올랐다. 할 수만 있다면 책
상 아래로 숨고 싶었다. 키 큰 남자아이는 뒤따라 들어오는
남자아이들을 팔꿈치로 치면서 나를 가리켰다. 나를 본 남
자아이들 모두 웃기 시작했다. 바로 뒤에 여자아이들이 들
어왔다. 여자아이들 모두 치마와 블라우스를 입었는데 수
수한 옷차림이었다. 머리는 곱슬머리가 자연스럽게 어깨까
지 늘어져 있었다. 리본 같은 건 달려 있지 않았다. 머리를
땋지도 않았다. 여자아이들은 나를 보더니 재빨리 못 본 척
고개를 돌렸다. 그리고 내 자리에서 멀리 떨어진 곳으로 가

서 앉았다. 아무도 나에게 인사를 건네지 않았다.

마지막으로 들어온 여자아이는 구릿빛 피부에 검은 머리를 땋아 허리까지 늘어뜨렸다. 내 옆자리 말고는 빈자리가 없어서 나와 짝꿍이 되었다. 여자아이는 나를 향해 웃었다. 앞니 사이가 약간 벌어지고 눈매가 착해 보였다.

"안녕? 내 이름은 린다야. 너는 누구니?"

린다. 예쁜 이름이다. 나는 마음이 놓여 숨을 내쉬었다.

"나는 나디아야."

나는 우리 집과 가까운 곳에 사는지 묻고 싶었지만 영어로 말하기가 두려워서 바보같이 웃기만 했다.

"얘들아!"

선생님이 교탁 앞에 서서 박수를 쳤다.

"새로 온 학생이 두 명 있단다. 나탈리와 밥이야. 모두 자리에서 일어나서 맞아 주자."

내 이름을 또 잘못 말하다니. 나는 비틀거리며 일어났다. 나와 반대편에 앉은 남자아이도 일어났다. 창피해서 귀가 벌게졌다.

"얘들아, 나탈리 크래프추크와 밥 랜드리를 환영해 주렴."

"중앙 학교에 온 걸 환영해, 나탈리! 밥!"

아이들이 입을 모아 소리쳤다.

나와 밥은 자리에 앉았다. 밥은 이제 얼굴까지 벌게졌다. 내 얼굴도 분명 그럴 것이다. 페리스 선생님은 아이들에게 새 교과서와 연필을 나누어 주었다. 그리고 한 명씩 일어나서 여름 방학에 무엇을 하고 지냈는지 말하도록 했다.

나는 교실 맨 뒤 구석에 앉았기 때문에 마지막 차례였다. 무슨 말을 할지 준비할 시간이 있었지만 그만큼 떨렸다. 우크라이나 어나 러시아 어, 이디시 어, 독일어로는 말할 수 있지만 영어로는 어려웠다. 결국 내 차례가 되었다. 나는 자리에서 일어났다.

"내 이름은 나디아 크라프추크입니다. 이번 여름에 캐나다로 왔어요."

나는 신중하게 단어를 골라 가며 말했다. 주위에서 킥킥 웃는 소리가 들렸다. 내가 자리에 앉으려고 하자, 선생님이 물었다.

"이곳에 와서 무엇을 했니, 나탈……, 아니 나디아?"

"영어를 배웠어요."

교실 앞쪽에 앉은 남자아이가 웃음을 터트렸다.

"그다지 잘 배운 것 같지는 않은데."

"응. 그리고 나치처럼 생겼어."

다른 남자아이가 맞장구를 쳤다.

나는 수치심에 얼굴이 붉게 달아올랐다. 내 성은 힘멜이다. 내 동생 이름은 에바다. 나는 가족과 독일어로 대화했다. 나는 나치일까?

마루시아 아줌마는 몇 번이나 내가 나치가 아니라고 말했다. 그렇다면 내 기억들은 어디에서 온 걸까. 아줌마의 말과 내 기억은 서로 맞지 않았다.

페리스 선생님이 자로 교탁을 두드리며 소리쳤다.

"조용! 데이비드와 에릭, 지금 당장 교무실로 따라와."

방금 나를 놀린 두 남자아이가 선생님을 따라갔다. 이곳에서 사라져 버리고 싶었다. 다른 아이들과 생김새가 다르고 옷을 다르게 입은 것도 부끄럽지만 억양 때문에 더 창피했다. 집에 가서 옷을 갈아입고 머리를 풀고 싶다는 생각뿐이었다. 억양도 바꿀 수 있다면 얼마나 좋을까.

나는 페리스 선생님이 칠판에 쓰는 글자를 아무 생각 없이 공책에 베꼈다. 더 이상 나를 일으켜 세우지 않은 것에 감사하면서. 시간이 길게 느껴졌다. 마침내 종소리가 울렸다. 아이들이 교과서를 들고 밖으로 나갔다. 휴, 고통스러운 시간이 끝났다.

나는 책을 서랍에 넣은 뒤 다른 아이들을 따라 밖으로 나갔다. 나에게 친절한 단 한 명의 아이, 린다가 내 뒤를 따라 나왔다. 시원한 바깥공기가 얼굴에 닿자 마음이 조금 누그러졌다. 교실은 감옥 같았다. 나는 운동장을 빠져나와 집을 향해 걷기 시작했다.

린다가 내 뒤를 쫓아와 팔을 잡았다.

"학교에서 나가면 안 돼."

나는 의아한 얼굴로 린다를 쳐다보았다.

"하지만 종소리가 울렸는걸."

린다가 벌어진 앞니를 드러내며 웃었다.

"그건 쉬는 시간 종이야. 점심시간까지 집에 가면 안 돼."

"난 이곳에 있고 싶지 않아."

"그러면 학생부에 끌려가게 될 거야."

"어디?"

"무단결석을 하면 학교 안의 경찰서 같은 곳에 가야 해. 수업 중에는 집에 갈 수 없어."

경찰이 온다 하더라도 나를 막을 수는 없었다. 린다는 운동장에 서서 고개를 저었다. 하지만 나는 더욱 빠르게 걸어서 학교로부터 멀어졌다. 새 구두 때문에 발뒤꿈치가 아팠지만 걸음을 늦추지 않았다. 집에 도착할 때쯤, 옆구리가 아팠다. 나는 현관 매트 밑에 놓인 열쇠로 문을 열고 급히 안으로 들어갔다.

집에 아무도 없어서 적막감이 밀려왔다. 집이 못마땅하게 나를 지켜보는 느낌이었다. 나는 신발을 벗어 던지고 위층으로 올라갔다. 나무 계단을 밟는 소리가 친숙하게 들렸다. 나는 다락방 침대에 몸을 던지고 주먹으로 베개를 쳤다. 다시 학교에 갈 수 있을까. 아이들이 나를 싫어하는데…….

나는 소리를 질렀다. 마음껏 소리를 지르고 나니 기분이 조금 나아졌다. 눈물이 멈추지 않았다. 학교에 새로 전학을 가면 이렇게 비참한 건가 생각하며 울었다. 아무것도 할 수 없을 것 같은 기분에 화가 나서 울었다. 무엇보다 과거의 내 모습이 부끄러워서 울었다. 나는 정말 이곳에 속할 수 없는 걸까. 나는 정말 나치였을까. 그렇다면 나는 안전하게 살아갈 자격이 없다. 나는 대체 누굴일까.

얼마나 울었는지 모르겠다. 눈이 부어서 잘 떠지지 않았다. 아줌마가 만들어 준 아름다운 옷이 주름지고 젖었다. 나는 얼마나 못된 아이인가. 마루시아 아줌마가 이런 나를 보면 얼마나 실망할까. 아줌마가 나를 기억 속에서 지우고 싶은 과거의 집으로 보내 버리면 어떡하지.

나는 블라우스를 벗어서 구김을 폈다. 그리고 문 뒤 고리에 걸었다. 치마도 손으로 구김을 편 다음 잘 개어 서랍장

위에 두었다. 대신에 가장 낡은 치마와 블라우스를 꺼내 입었다.

"이 옷은 배은망덕한 행동을 한 대가야."

내가 나한테 한 말인데 오래전에 어디선가 들은 것 같았다. 고무줄을 빼 버리고 땋은 머리를 풀었다. 하지만 리본은 풀기 힘들었다. 아줌마가 하얀 리본을 머리와 함께 촘촘히 땋았기 때문이다. 팔이 저렸다. 나는 침대에 도로 누웠다. 잠을 자고 싶었지만 잠이 오지 않았다. 그래서 하릴없이 천장만 바라보았다.

과거의 기억이 떠올랐다.

우리는 남자와 여자로 나뉜다. 나는 까치발을 들어 사람들이 어디로 가는지 보려 하지만 너무 붐벼서 볼 수가 없다. 노란색 원피스를 입고 노란색 별을 단 소녀도 줄을 서 있다.

"모두 옷을 벗어."

제복을 입은 여자가 딱딱한 말투로 말한다.

나는 깜짝 놀라 마루시아 아줌마를 쳐다본다. 아줌마는 이미 낡고 더러운 블라우스 단추를 풀어서 불타고 있는 옷 더미에 던져 넣는다. 치마도 벗어서 불 속으로 던진다.

"나디아, 서둘러."

아줌마가 나에게 재촉한다.

나는 한때는 화려했지만 땀과 때에 절어 검게 변해 버린 분홍색 원피스를 입고 있다. 이곳까지 오기 위해 수도 없이 화물차에 숨어 타고 하수구를 통과했다. 리본 벨트를 벗으려고 하는데 올이 풀리면서 엉킨다. 매듭을 찾을 수가 없다. 원피스 뒤쪽 지퍼에 손이 닿지 않는다.

마루시아 아줌마가 내 원피스 깃을 잡더니 쭉 찢는다. 그리고 분홍색 원피스를 불에 던진다.

"속옷도 벗어."

돌아다니며 살피던 여자가 차갑게 말한다.

우리는 모두 속옷을 벗어서 불 속에 던져 넣고 줄을 선다.

여자가 큰 가위를 들고 와서 내 땋은 머리를 자르고 빡빡 민다. 부스스한 머리카락이 바닥으로 떨어진다. 마루시아 아줌마는 머리가 깎여 나가도 아무렇지 않은 얼굴이다. 우리는 다른 난민들과 함께 샤워장 앞에 줄을 서서 기다린다. 문 앞에 서 있던 여자가 우리 몸에 지독한 냄새가 나는 약을 뿌린다. 나는 소리를 지른다.

"괜찮아. 살충제야."

아줌마가 속삭인다.

우리는 벽과 바닥이 흰 타일로 된 방으로 떠밀려 들어가 뜨거운 물을 맞는다. 때와 죽은 벼룩이 물에 씻겨 하수구로 쓸려 내려간다. 비로소 분홍색 원피스로부터 벗어나서 홀가분하다. 우리는 샤워장에서 나와 천을 받는다. 천에는 여전히 벼룩이 붙어 있지만, 서둘러 몸을 감싼다.

다음은 인터뷰다. 우리는 또다시 긴 줄 뒤에 선다. 몸이 젖어서 떨리지만 이전보다는 깨끗하다. 나는 까치발을 들고 줄 앞에서 무엇을 하는지 살펴본다. 제복을 입은 남자가 탁자에 앉아서 무언가를 적는다. 그리고 종이에 도장을 찍어서 난민을 구분한다.

마루시아 아줌마가 몸을 숙여 나에게 속삭인다.

"저 사람들에게 내 딸이라고 해. 이름은 나디아이고 리비프에서 태어났다고."

소련군이 내가 어디에서 왔는지 안다면 나를 시베리아로 보낼 거라는 걸 안다. 나는 정말 어디에서 왔을까. 잘 모르겠다. 마루시아 아줌마는 알고 있을까.

문을 요란하게 두드리는 소리가 났다. 학교를 벗어나는 일이 교칙에 어긋난다던 린다의 말이 떠올랐다. 경찰이 내 뒤를 따라온 걸까. 두려워서 한 발짝도 움직일 수 없었다.

문을 두드리는 소리가 다시 들렸다.

"나디아!"

익숙한 목소리였다.

나는 창문을 열고 밖을 내다보았다. 매킨토시 선생님이었다. 집에 아무도 없는 척할까 망설이는데 선생님이 나를 보고 말았다.

"문 열어!"

선생님의 표정이 굳어 있었다.

나는 계단을 내려갔다. 그러나 문을 열지는 않았다. 화장실로 달려가서 거울에 얼굴을 비춰 보았다. 눈두덩이가 빨갛고 얼굴이 부어 있었다. 매킨토시 선생님이 나를 어떻게 생각할까. 나는 수건을 찬물에 적셔서 얼굴에 댔다. 얼굴이 조금 가라앉는 것 같았다. 하지만 다시 거울을 보았더니 아직도 퉁퉁 부은 눈이 나를 바라보고 있었다.

끈질기게 문 두드리는 소리가 났다.

"나디아! 안에 있는 거 알아."

나는 문을 열었다. 화가 났던 매킨토시 선생님의 얼굴에 걱정이 가득했다.

"무슨 일이 있었니?"

나는 발만 쳐다보고 대답하지 않았다. 말을 하면 엉엉 울어 버릴 것만 같았다.

매킨토시 선생님이 나를 따뜻하게 안아 주었다. 나는 선생님의 품속에서 축 늘어졌다. 안도인지 체념인지 알 수 없었다. 선생님은 나를 부엌으로 데려가서 무릎에 앉혔다. 내 다리가 거의 선생님만큼 길어서 발이 바닥에 닿는데도 나를 아기처럼 안고 위로해 주었다.

"다 괜찮아질 거야, 나디아."

나는 울음을 터트렸다. 마음속 깊은 곳에서 울음을 멈추라고 속삭였다. 나는 눈물이 그치도록 마음을 가라앉혔다. 그리고 선생님의 품에서 몸을 일으켰다.

"여기 왜 오셨어요?"

"네가 학교에서 도망쳐 나왔잖니. 학교로 돌아가야 한단다."

"갈 수 없어요."

나는 거부하듯 두 팔로 몸을 감쌌다.

"네 맘대로 학교를 벗어나는 것은 교칙에 어긋나."

린다의 말이 사실이었다. 그렇다면 경찰이 올까. 선생님은 내가 당황하는 걸 알았는지 부드럽게 말했다.

"오늘 안으로 학교에 가면 모든 것이 괜찮을 거야."

"하지만 이런 꼴로 어떻게 학교에 돌아가요?"

"마음을 굳게 먹어, 나디아. 선생님은 지금 여기에 있으

면 안 돼. 오늘 수업이 있거든. 린다가 네가 학교에서 나갔
다고 알려 줘서 괜찮은지 확인하러 온 거야."

선생님은 일어나서 아이스박스를 열었다. 그리고 사과
두 개를 꺼냈다.

"이걸 눈에 대고 있으렴. 부은 눈이 가라앉을 거야."

내가 사과를 눈에 대고 있는 동안 선생님은 점심을 만들
었다. 빵을 자르고 버터를 녹여 달걀을 요리했다. 음식 냄새
를 맡으니 배가 꼬르륵거렸다. 선생님이 식탁 위에 접시를
놓았다.

"좀 먹으렴."

나는 눈에서 사과를 뗐다. 선생님이 맞은편에 앉아서 나
이프와 포크로 달걀 프라이를 먹었다. 나는 사과를 내려놓
고 선생님이 만들어 준 음식을 먹었다. 먹기 시작하자 갑자
기 배가 더 고픈 것 같았다.

선생님은 식사를 끝내고 그릇을 설거지했다.

"15분 내로 출발해야 해. 머리를 다시 묶어 줄게."

우리는 함께 화장실로 갔다. 나는 거울로 선생님이 리본
을 푸는 것을 보았다.

"머리를 아주 예쁘게 땋았구나. 학교에 어울리지 않을 만
큼 말이야."

선생님이 내 머리를 빗질하다가 의아한 표정을 지었다.

"머리카락 뿌리에 검은 점이 있구나."

나는 재빨리 숨을 들이마셨다. 그건 문신이었다. 나는 슬그머니 왼쪽 손목을 들어서 똑같은 문신을 보았다. 그러나 선생님이 보지 못하도록 얼른 숨겼다. 얼핏 보면 점같이 생겼기 때문에 사람들은 잘 알아차리지 못했다.

"네, 점이 있어요."

나는 거짓말을 했다. 그리고 거울을 통해 선생님의 표정을 살펴보았다. 선생님은 무언가 말하고 싶지만 마음을 바꾼 듯했다. 가끔씩 선생님이 나보다 내 과거에 대해 더 잘 알고 있는 것이 아닌가 하는 의문이 들었다. 하지만 선생님은 엉킨 머리카락을 부드럽게 빗기만 했다. 기억 속에서 내 머리를 빗어 주던 엄마가 생각났다. 엄마는 항상 분노를 담아서 마구 빗었다. 분홍색 실크 원피스가 또다시 생각났다.

선생님은 나를 학교에 데려다주지 않았다. 선생님과 함께 학교에 돌아가는 일이 나에게 얼마나 수치스러운지 이해하는 것 같았다. 학교에 도착했을 때, 내 눈은 여전히 부어 있었다. 종이 울리자, 아이들이 줄을 섰다. 몇몇 아이들은 나를 흘깃거리다가 재빨리 고개를 돌렸다. 아마도 페리스 선생님이 아이들에게 주의를 준 것 같았다. 하지만 에릭이 중얼거리는 소리가 들렸다.

"히틀러 소녀가 돌아왔네."

나는 린다 뒤에 줄을 섰다.

"왔구나!"

린다가 속삭였다.

나는 아침때와 같은 자리에 앉아서 아무 일도 없었던 것처럼 행동했다. 페리스 선생님이 지루한 수업을 계속하는 동안 나는 기억을 정리했다. 왜 하필 이런 때에 기억이 쏟아져 나오는 걸까. 난민 캠프에 있는 동안, 머릿속에서 기억을 지우려고 했다. 배를 타고 오면서도 과거를 떠올리지 않으려고 했다. 그러나 브랜트퍼드에 도착하자, 다시 악몽이 시작되었고 과거의 기억들이 돌아왔다. 슬픈 기억들은 나를 그냥 내버려 두지 않았다.

아이들이 모두 자리에 앉았다. 나는 몇 자리 앞에 앉은 에릭의 뒤통수를 바라보았다. 저 아이는 왜 나를 히틀러 소녀라고 부를까. 정말 나쁜 아이 같았다. 에릭은 갈색 머리를 귀 위로 짧게 깎았다. 아침에 머리를 제대로 빗은 것 같지 않지만 예쁘게 깎은 머리였다. 에릭의 머리를 자른 사람은 군인이 아니라 이발사일 것이다. 에릭은 머리에 벼룩이 들끓어 본 적이 있을까. 그런 일을 상상이나 할 수 있을까. 그런 주제에 어떻게 나를 함부로 판단하지?

나는 내 앞에 앉은 아이들을 살펴보았다. 아이들은 모두 건강하고 깨끗해 보였다. 누더기를 입은 아이는 아무도 없었다. 모두 부모님과 함께 살고 있을 것이다. 나도 모르게 질투심에 마음이 아팠다. 전쟁의 비극이 없는 평범한 아이의 삶을 살기를 얼마나 바랐던가.

9장
실수

　중앙 학교에서 나를 뺀 우크라이나 아이는 미하일로뿐이었다. 나는 오후 수업이 끝날 때까지 미하일로를 보지 못했다. 그런데 미하일로가 다른 남자아이들과 함께 벽을 향해 동전을 던지고 있었다. 미하일로는 나를 보더니 고개를 끄덕이고는 놀이를 계속했다.

　하굣길에 미하일로가 내 뒤 저 멀리서 걸어오고 있었다. 다른 남자아이들과 함께였다. 기다렸지만 미하일로는 나를 모르는 것처럼 그냥 지나쳤다. 나는 집까지 혼자 걸어왔다.

　집에는 아무도 없었다. 나는 저녁으로 감자 요리를 만들기로 했다. 냄비에 물을 붓고 감자 껍질을 벗기는데 문을 두드리는 소리가 났다.

　멋쩍은 표정으로 미하일로가 서 있었다.

"내가 누군지 갑자기 생각났니?"

"내가 남자아이들과 함께 있을 때 너에게 말을 걸기를 기대하는 건 아니지?"

미하일로는 발끝을 톡톡 찼다.

"기대하면 왜 안 되는지 모르겠는데?"

나는 문을 열어 둔 채 부엌으로 갔다. 미하일로가 나를 따라 들어와서 식탁 의자에 앉아 감자 껍질 벗기는 것을 지켜보았다.

"도서관에 갈래?"

나는 도서관에 가고 싶었지만 아직 화가 나 있었기 때문에 대답하지 않았다.

"도서관에 다녀오는 동안 약한 불로 감자를 찔 거야?"

나는 말은 한 마디도 하지 않고 그냥 고개만 저었다.

"나와 함께 도서관에 갈 거지?"

속마음은 그러고 싶었다. 미하일로가 화해를 청하는 말 같기도 했다.

나는 감자를 마저 다 깎고 나서 냄비에 넣고 물을 부었다. 하지만 불을 켜지는 않았다. 마루시아 아줌마가 사람이 없을 때 절대로 불에 음식을 올리지 말라고 했다.

"도서관에 잠깐만 다녀올 수 있어. 갔다 와서 감자를 삶아야 해."

도서관으로 가는 길에 미하일로는 잠시 말이 없다가 곧 사과를 했다.

"아까 모른 척해서 미안해."

나는 아무 말도 하지 않았다. 미하일로가 왜 나를 아는 척 하지 않았는지 알기 때문이었다. 친구들에게 놀림을 당하고 싶지 않았을 것이다. 하지만 나를 처음 보는 사람처럼 대해서 기분은 나빴다.

도서관에 도착하자 미하일로는 이동 책장으로 향했다. 사서 선생님이 정리할 책들을 모아 두는 곳이었다.

"며칠 전에 발견한 사실이 있어. 재미있는 책들은 모두 여기에 있어."

미하일로가 책장이 꾸깃꾸깃한 〈블랙 뷰티〉를 발견하고 는 활짝 웃었다.

"이 책이 마음에 들 거야. 나는 작년에 읽었어."

나는 책을 받아 들고 훑어보았다. 그림은 없고 글로만 된 두꺼운 소설이었다. 글자도 작았다.

"나는 이 책을 읽을 수 없어."

내가 지금까지 그림이 있는 책만 골랐다는 걸 미하일로 도 알 텐데.

"책을 읽는 데 시간이 걸리겠지만 다 읽고 나면 너도 좋아할 거야. 여성스러운 내용이거든."

미하일로가 나를 향해 웃었다.

"하지만 너도 이 책을 좋아하잖아."

미하일로가 잠시 얼굴을 붉히더니 되받아쳤다.

"액션 장면도 많이 나와."

미하일로는 다른 책들을 훑어보고는 하키 책, 음악 책, 소설책 한 권을 골랐다.

"그 소설은 뭐야?"

나는 미하일로가 고른 책을 살펴보았다. 제목을 더듬더듬 읽었는데 읽고 나서도 뜻을 알기가 어려웠다.

"플로리다에 간 프레디? 프레디가 뭐야?"

"프레디는 이름이야. 미하일로나 나디아처럼. 여기서는 말하는 돼지 이름이야."

"말하는 돼지?"

말도 안 되는 얘기였다.

"플로리다는 뭐야?"

"지역 이름이야."

미하일로는 내가 모르는 게 이해가 안 된다는 듯한 표정이었다.

"말도 안 돼. 돼지는 말을 못하잖아. 그리고 돼지는 사람 없이 혼자서 어딜 갈 수가 없어."

미하일로가 골똘히 생각에 잠겼다가 말했다.

"너도 한번 읽어 봐. 그러면 이해하게 될 거야. 아주 재미있어. 〈플로리다에 간 프레디〉는 시리즈 중 첫 번째 책이야."

"이 책은 학교에 가져가면 안 될 것 같아."

"맞아. 하지만 하키 책은 학교에 가져갈 수 있어."

나는 〈블랙 뷰티〉를 내려놓았다. 내가 읽기에 글이 너무 많았다.

"나도 프레디 책을 읽을 수 있을까?"

"물론이지. '프레디' 시리즈가 더 있는지 보자."

책장을 뒤지던 미하일로는 〈형사 프레디〉를 꺼내 들었다.

"'프레디' 시리즈 중에서 내가 처음으로 읽은 책이야. 진짜 재미있어."

나는 책을 훑어보았다. 〈블랙 뷰티〉보다 두꺼운데도 글자가 크고 그림이 있었다. 그림책만큼 쉬워 보이지는 않지만 〈블랙 뷰티〉만큼 어려워 보이지는 않았다. 종이와 잉크 냄새가 좋았다.

나는 독일 저택의 예쁜 방에 기둥이 네 개 달린 침대에 누워 있다. 그런데 아래층에서 들려오는 소리에 잠이 깨어 일어난다. 나는 살금살금 계단으로 가서 소리가 어디서 들려오는지 살핀다. 한밤중에 얇은 잠옷만 입고 맨발로 나와서 몸이 떨린다.

서재 문이 열려 있다. 아빠가 한 손에 브랜디 잔을 들고 앉아 있다. 군복을 입은 남자들이 탁자에 앉아 있다. 아빠와 군인들은 무언가 이야기를 나누며 웃는다. 모두 SS(나치 친위대-옮긴이)이다. 아빠와 똑같은 배지를 달고 있기 때문에 알 수 있다.

내 눈을 사로잡은 건 배지가 아니다. 나는 저 군인들을 시내에서 열리는 집회나 저녁 식사에서 자주 본다. 내 눈을 놀라게 한 건 서재다. 늘 닫혀 있는 서재 문이 열린 것이다.

서재에는 바닥부터 천장까지 책들이 가득한데 독일어 책이 대부분이고 다른 언어로 된 책도 더러 있다. 나는 항상 책을 보고 싶지만 서재에 들어가는 게 금지되어 있다.

나는 방으로 돌아와서 침대 밑에서 책 한 권을 꺼낸다. 〈독버섯〉. 아빠가 허락해 준 책이다. 책장을 넘긴다. 그림이 화려하고 글자가 크다. 유태인들은 독버섯과 같아서 독일인의 건강에 해가 된다는 이야기다.

내 마음 깊은 곳에서 그건 사실이 아니라고 말한다. 이 책을 좋아하고 싶지만 그럴 수 없다. 노란색 별을 단 소녀가 생각나서 마음이 아프다. 나는 책을 덮어 침대 밑으로 밀어 버린다.

"이제 집에 가자. 저녁 식사 준비해야 하잖아."

미하일로의 말에 나는 캐나다 브랜트퍼드에 있는 도서관으로 돌아왔다. 미하일로를 한 번 쳐다보고 벽에 걸린 시계를 보았다. 도서관에 온 지 한 시간이나 흘렀다. 미하일로는 세 권, 나는 한 권을 들고 사서 선생님에게 갔다. 아직도 기억 속에 있는 듯한 기분이었다.

학교에서 본 듯한 낯익은 소년이 우리 앞에 서 있었다. 소년과 미하일로는 눈이 마주치자, 고개를 살짝 숙여 인사했다. 나를 알아보는 것 같지는 않아서 다행이었다. 우리 뒤에도 책을 빌리려고 줄을 선 아이들이 몇 명 있었다. 그중에 린다가 있었다. 린다와 비슷하게 생겼지만 나이가 좀 더 많아 보이는 소녀와 함께. 아마 린다의 언니일 것이다. 나는 책을 빌리고 나서 린다에게 인사하기 위해 기다렸다.

미하일로가 내 소매를 잡아당겼다.

"가자. 감자를 요리해야 하잖아."

"인사하는 데 일 분밖에 안 걸릴 거야."

나는 나와 함께 있는 모습을 들키고 싶지 않은 미하일로의 마음을 이해했다. 하지만 남자아이들이 아니라 여자아이들이니까 아무 문제없을 것이다. 미하일로는 내 옆에서 초조하게 서 있었다.

"안녕, 나디아."

린다가 미하일로를 슬쩍 쳐다보고는 다시 나를 보았다.

"우리 언니 그레이스야."

그레이스는 키가 컸지만 눈동자와 갈색 머리가 린다와 꼭 닮았다.

"네가 나디아구나. 만나서 반가워."

그레이스가 내 손을 잡았다. 그리고 미하일로를 향해 웃으며 책을 쳐다보았다.

"미하일로, 네가 프레디 팬인 줄 몰랐는데?"

"둘이 아는 사이야?"

내가 미하일로에게 물었다.

"그레이스와 같은 반이야."

그레이스는 내 손에 〈형사 프레디〉가 들려 있는 것을 보고 물었다.

"너, 이 책 읽을 수 있어?"

나는 깜짝 놀랐다. 린다가 나에 대해서 무슨 얘기를 한 걸까. 내가 영어를 잘하지 못한다는 건 나도 잘 알고 있다. 하지만 그레이스는 나를 바보라고 생각하는 걸까.

"천천히 읽으면 돼."

나는 억지로 웃으면서 말했다. 우리는 잠시 동안 이야기를 나눴다.

"마루시아 아줌마가 집에 오기 전에 감자를 쪄야 해. 이만 가 볼게."

우리는 도서관을 나섰다. 린다와 그레이스는 쉐리던 거리까지 함께 걷다가 다른 방향으로 갔다. 미하일로는 도서관에서 빌린 책을 집에 두고 나와서 나를 집까지 데려다주었다.

나는 집에 들어가서 불에 감자를 올렸다. 그러고는 미하일로와 뒷마당으로 가서 계단에 앉았다.

"나디아, 우크라이나 인이 아닌 사람들과 이야기할 때 마루시아 아줌마와 이반 아저씨를 부모님이라고 부르는 걸 잊지 마."

미하일로가 말했다.

나는 심장이 덜컥 내려앉았다.

"늘 그렇게 부르고 있어."

미하일로가 어이없다는 표정을 지었다.

"넌 바보같이 아줌마와 아저씨를 뭐라고 부르는지 기억

도 못 하는구나."

나는 하마터면 소리를 지를 뻔했다. 미하일로가 옳았다. 내가 린다와 그레이스와 얘기할 때 마루시아 아줌마를 뭐라고 불렀던가!

"모든 사람이 너처럼 완벽한 건 아니야, 잘난 척쟁이."

"이건 심각한 얘기야. 네가 어디서 왔는지는 잘 모르지만 이곳에 살고 싶다면 아줌마와 아저씨를 엄마, 아빠라고 불러야 해."

나는 아무 대답도 하지 않았다. 미하일로가 옳다는 것을 아니까. 또한 내가 생각 없이 실수한 것에 대해 충격을 받았다. 난민 캠프에서는 경계를 늦춘 적이 없었는데, 캐나다에서는 과거의 기억이 자꾸 떠올라 생각이 뒤죽박죽 섞일 때가 많았다.

그때, 밖에서 트럭이 멈추고 마루시아 아줌마가 인사하는 소리가 들렸다.

"집에 가야겠어. 학교에서는 나한테 인사하지 마."

나는 대답 대신 어깨를 으쓱해 보였다. 미하일로를 난처하게 하려고 일부러 인사를 할지도 모르겠다.

아줌마가 들어오는 소리가 들렸다. 나는 아줌마가 들고 있는 무거운 종이봉투를 얼른 받아 들고 안으로 들어왔다.

아줌마는 나한테서 다시 종이봉투를 받아서 식탁에 올려놓았다. 그리고 토마토, 양파, 양배추, 초록색 피망 등을 꺼냈다. 먹음직스러운 사과도 여섯 알 있었다.

"후식으로 애플파이를 만들어야겠어."

아줌마의 눈이 반짝거렸다. 그런데 아줌마가 내가 입고 있는 낡은 옷을 알아차렸다.

"옷을 갈아입었네."

머리도 쳐다보았다.

"머리를 풀었구나."

우리는 서로 말없이 채소와 사과를 정리했다. 아줌마는 감자가 얼마나 익었는지 포크로 찔러 보았다.

"학교 첫날은 어땠니?"

나는 숨을 깊이 들이마시고 잠시 가만히 있었다. 어떤 일이 있었는지 말해야 했다. 아무렇지 않게 고민을 털어놓아야 하는데 입이 떨어지지 않았다.

마루시아 아줌마는 걱정스러운 표정으로 작은 칼을 꺼내서 사과 껍질을 벗겼다. 나는 아줌마가 능숙하게 사과 껍질을 한 줄로 길게 깎는 것을 바라보았다. 먹음직스러운 사과 속살이 드러났다.

침묵이 길어졌다. 나는 행주로 애꿎은 싱크대만 닦았다.

깨끗한데도 괜히 빗자루를 꺼내서 바닥을 쓸었다.

아줌마가 먼저 말을 꺼냈다.

"농장에서 함께 일하는 여자들한테 너한테 만들어 준 옷을 자랑했어."

나는 무슨 말을 해야 할지 몰라서 아줌마를 쳐다보며 미소를 지었다.

"젊은 아가씨들이 그러는데 캐나다에서는 학생들이 그런 옷을 입지 않는다더구나."

아줌마는 다 깎은 사과를 식탁 위에 놔두고 수건에 손을 닦았다.

"오늘 학교에서 안 좋은 일이 있었니?"

"저는……, 저는……, 새 옷이 마음에 들어요."

나는 바닥만 쳐다본 채 더 이상 말을 잇지 못했다. 목구멍이 눈물에 막혀 버린 것 같았다. 아줌마는 내 손에서 빗자루를 가져다가 벽에 세워 두고 나를 꼭 안았다.

나는 비로소 숨을 내쉬었다. 긴장과 걱정이 숨을 타고 빠져나가는 것 같았다. 나는 머리를 아줌마 가슴에 기대고 두 팔로 아줌마의 허리를 안았다. 아줌마의 따뜻한 체온과 사과 냄새, 땀과 볏짚 냄새가 느껴졌다. 나는 숨을 깊이 들이마셨다. 하지만 여전히 입이 떨어지지 않았다.

아줌마는 나를 부드럽게 쓰다듬으며 속삭였다.

"괜찮아, 나디아. 걱정하지 마. 이제 너는 안전해."

아줌마의 말을 듣자 마음이 놓였다. 그리고 또 다른 엄마가 나를 껴안고 위로해 주던 기억이 떠올랐다. 그때에도 나는 안전하다고 느꼈다.

그날 밤, 나는 침대에 누워 또 다른 엄마를 기억하려고 했지만 잘 생각나지 않았다. 잠이 오지 않아서 램프를 켰다. 눈이 빛에 익숙해지자 책을 꺼내 베개에 기대앉았다. 돼지가 모자를 쓰고 돋보기안경을 들여다보는 표지 그림을 넘겼다. 첫 장은 "매우 더운 날이었다."라는 문장으로 시작하는데, 그것이 내가 첫 장에서 읽을 수 있는 전부였다.

나는 책장을 넘기며 읽을 수 있는 부분만 소리 내어 읽었다. 두 오리가 한낮에 집을 보는 이야기 같았다. 논리적인 이야기는 아니었다. 나는 책을 내려놓고 〈어린이를 위한 그림 사전〉을 폈다. 벌써 네 번이나 읽었는데 읽을 때마다 새로운 것을 발견했다.

이번에는 대충 훑어보았다. 이 책에서는 어떤 단어를 설명할 때 두 단어가 함께 나왔다. 예를 들어 '자동차'라는 단어에는 멋진 차 그림과 함께 '운전하다'와 '주차하다'라는 단어가 짝을 이루었다. 자동차는 색칠은 되어 있지 않지만 왠지 빛나는 검은색일 것 같았다. '불타다'라는 단어는 불에 타 버린 집 그림과 함께 '파괴하다'와 '불'이라는 단어가 함께 나왔다.

매캐한 연기 때문에 숨이 막혔던 기억이 떠올랐다. 불타는 건물들을 얼마나 많이 봤던가. 나에게 폭격은 아주 익숙했다. 하지만 그날 불이 났을 때, 나는 누구였고 어디에 있었을까. 내가 아직 맞추지 못한 퍼즐 조각이었다.

나는 책을 덮고 심장이 잠잠해지기를 기다렸다.

나는 검은색 자동차 뒷자리에 앉아 있다. 밖에는 연기가 자욱하다. 여자들이 불타는 건물에서 뛰쳐나와 도망을 친다. 한 소녀가 나를 바라본다. 거울을 들여다보는 것 같다. 소녀는 나에게 무언가 말하려고 하지만 군복을 입은 남자가 밀쳐 버린다. 나는 창문을 두드린다. 나를 꺼내 줘!

손에서 책이 미끄러져서 바닥으로 쿵 떨어졌다. 나는 벌떡 일어났다. 나는 캐나다의 내 방에 있었다. 하지만 아직 악몽에서 깨지 못한 것 같았다. 눈을 비비자, 과거의 장면이 사라졌다.

나는 안전하게 차 안에 있었고 폭발은 바깥에서 일어났

다. 그런데 왜 나는 밖으로 나가고 싶어 했을까. 나와 꼭 닮은 그 소녀는 누구일까. 그냥 꿈을 꾼 걸까. 아니면 정말로 있었던 일인 걸까.

10장
뜻밖의 초대

시간이 흐르면서 학교생활이 점점 나아졌다. 매킨토시 선생님은 나보다 한 학년 위의 학급을 가르쳤다. 복도에서 마주칠 때마다 선생님은 고개를 끄덕여 주었다. 미하일로도 마찬가지였다. 누가 보더라도 어색한 사이 같았지만, 우리는 학교에서 둘뿐인 우크라이나 아이들이기 때문에 둘만의 특별한 유대감이 있었다.

방과 후에 미하일로는 자주 우리 집에 들렀다. 한 번은 숙제를 도와준 적도 있었다. 남자아이들이 이 사실을 안다면 몹시 놀렸을 것이다. 쉬는 시간에는 린다와 놀았다. 그러는 사이 영어가 조금씩 늘었다. 나를 히틀러 소녀라고 부른 에릭과 데이비드를 페리스 선생님이 혼내 준 게 얼마나 다행이었는지 모른다. 물론 여전히 내 뒤에서 속닥거리긴

했지만.

어느 날 쉬는 시간에 린다와 나는 다른 아이들이 노는 모습을 보면서 운동장을 거닐었다. 그런데 린다가 갑자기 물었다.

"오늘 학교 끝나고 우리 집에 놀러 오지 않을래?"

나는 린다의 초대에 기뻤지만 거절했다.

"마루, 아니 엄마에게 내가 어디에 가는지 말하지 않으면 안 돼. 대신 네가 우리 집에 놀러 올래?"

린다가 웃었다.

"그것도 좋아. 그레이스 언니에게 부모님께 말해 달라고 부탁할게."

집까지 누군가와 함께 걸어오니 기분이 좋았다. 린다는 이반 아저씨가 만들어 준 그네를 마음에 들어 했다. 나는 집 안을 구경시켜 주었다. 방문을 열 때마다 린다의 눈빛을 보았다. 우리 집이 너무 가난하다고 생각하지는 않을까. 화장실에 있는 욕조나 부엌의 아이스박스를 보고 뭐라고 생각할지 걱정이 되었다. 린다는 아무 말도 하지 않았지만, 뒷문으로 통하는 발판으로 사용하는 나무토막을 자세히 쳐다보는 것이 느껴졌다.

린다는 내 방에 들어와서 침대를 눌러 보았다.

"푹신하다. 연보라색 벽이 마음에 들어. 너희 집에 있는 모든 것이 다 새로워."

린다가 나를 놀리는 게 아닐까. 학교에 다니는 대부분의 아이들이 나보다 좋은 집에 살고 있다는 걸 안다. 하지만 린다는 진지했다.

"나도 이런 집에서 지내면 좋겠다."

나는 새 집에 익숙해지기 시작했고, 좋아지기 시작했다. 캐나다도 점점 마음에 들었다.

"전에 살던 집은 이곳보다 더 좋았어."

생각 없이 말이 먼저 나오고 말았다.

"어디에서 살았는데?"

린다가 침대에 걸터앉았다.

"유럽."

심장이 두근거리기 시작했다. 내가 왜 그런 말을 꺼냈을까.

"이곳보다 더 좋은 집에 살았다면서 왜 캐나다에 왔어?"

나는 아무 말도 하지 못했다. 내뱉은 말을 도로 주워 담고 싶었다.

"말도 안 돼."

린다가 말했다.

"전쟁 때문에."

제발 여기서 이 이야기가 끝나기를.

린다가 나를 의아한 눈빛으로 바라보았다.

"예전에 좋은 집에서 살았다면, 부모님이 부자였어?"

나는 대답을 하려다가 입을 다물었다. 내가 왜 그런 말을 꺼냈을까.

"농담이야. 우리는 그냥 평범하게 살았어."

미하일로는 이곳 사람들이 마루시아 아줌마와 이반 아저씨가 진짜 부모님이 아니라는 것을 눈치채지 못하게 조심하라고 주의를 줬다. 왜냐하면 정부에서 아줌마와 아저씨로부터 나를 데려갈 수도 있기 때문이다. 마루시아 아줌마도 난민 캠프에서 지내는 수년 동안 그리고 배를 타고 캐나다에 오는 내내 조심하고 또 조심했다.

나는 내 실수 때문에 아줌마와 아저씨를 배신하게 될 수도 있다는 생각에 화가 났다. 나를 아껴 주는 두 사람과 헤어지고 싶지 않았다. 나는 린다가 내 말을 장난으로 받아들이기를 간절히 바라면서 활짝 웃었다. 정말 아무렇지 않은 척했다.

"나디아!"

현관문이 열리고 마루시아 아줌마가 나무 바닥을 밟는

소리가 들렸다. 나는 깜짝 놀랐다.

"친구랑 위에 있어요."

아줌마가 부엌으로 걸어가 가방에서 채소를 꺼내 식탁에 올려 두고, 다락방으로 올라오는 소리가 들렸다.

"나디아, 여기 있었구나. 친구를 소개해 주겠니?"

"엄, 엄마, 이 친구는 린다예요. 린다, 우리 엄마야."

린다는 허둥지둥 일어났다.

"안녕하세요?"

아줌마가 린다의 손을 잡았다.

"놀다가 아래층으로 내려오렴. 간식을 만들어 줄게."

아줌마가 부엌으로 내려가는 소리가 들리자, 린다가 나에게 속삭였다.

"전쟁이 났을 때 너희 엄마는 무슨 일을 했어?"

나는 뭐라고 대답해야 할지 망설여졌다. 미하일로가 주의를 준 것처럼 내가 왜 조심하지 않았는지 후회가 됐다.

"나중에 얘기해 줄게. 간식 먹으러 가자."

부디 린다가 이 이야기를 잊어버리길.

아래층으로 내려갔더니 아줌마가 사과를 얇게 저미서 위에 꿀을 뿌려 주었다.

"밖에서 먹고 싶으면 그렇게 하렴. 다 먹고 그릇 가져오는 것만 잊지 마."

그네는 우리가 바싹 붙어 앉으면 함께 탈 수 있을 정도로 넓었다. 린다는 다리가 길어서 그네의 속도를 조절할 수 있었다. 우리는 그네 위에서 간식을 먹었다.

"맛있다."

린다가 사과를 오독오독 씹었다.

나도 달콤한 간식을 좋아한다. 하지만 사과에 꿀을 얹은 간식은 아줌마가 한 번도 만들어 준 적이 없었다. 내 친구에게 무언가 특별한 음식을 만들어 주고 싶었던 것 같다. 아줌마는 늘 나에게 좋은 것을 만들어 주려고 애썼다. 그래서 린다에게 실수로 이야기한 것이 더욱 후회스러웠다.

린다는 집을 바라보더니 나에게 속삭여 물었다.

"집 안에서는 우리가 하는 얘기가 안 들리겠지?"

"응. 안 들려."

"그래서 너희 엄마는 전쟁 중에 무슨 일을 했어?"

나는 입속에 있는 사과 조각을 통째로 삼킬 뻔했다.

"공장에서 일했어."

"너는 뭘 했어? 전쟁을 겪었다는 건 흥미로운 것 같아."

흥미롭다고? 나는 한 번도 전쟁을 흥미롭다고 생각해 본 적이 없었다. 나에게 전쟁은 절반밖에 기억하지 못할 정도로 끔찍했다. 너무나 비극적인 경험이었다.

"난 너무 어렸어. 그래서 기억이 뒤죽박죽이야."

"그럼 기억나는 걸 말해 줘."

나는 마루시아 아줌마와 함께 탈출해서 난민 캠프에 간 이야기를 해 주었다. 이야기를 듣는 동안 린다의 눈이 커졌다. 독일 가족에 대한 이야기는 하지 않았다. 뒷문이 열리고 마루시아 아줌마가 얼굴을 빼꼼 내밀었다.

"둘이서 그네에 아주 편하게 앉아 있구나. 사과를 다 먹으면 집까지 바래다줄게."

"저 혼자 갈 수 있어요."

"아줌마랑 나디아가 함께 데려다줄게."

아줌마는 사과 몇 알을 닦아서 종이봉투에 챙겼다. 처음에는 의아했지만 아줌마의 속마음을 알아차렸다. 아줌마는 린다의 부모님을 만나고 싶은 것이다. 사과는 선물이었다. 린다는 기차역 뒤의 어서 거리에 있는 노란 벽돌집에 살았다. 우리 집에서 우크라이나 성당보다 한 블록 가까웠다. 성당에 가는 길에 늘 지나다녔지만 린다가 이곳에 사는지 몰랐다.

"들어오세요."

린다가 말했다.

"괜찮아. 네가 잘 들어가는지 확인만 하면 돼."

하지만 린다도 아줌마가 자기 가족을 만나고 싶어 한다는 걸 눈치챈 듯했다. 가까운 거리를 굳이 데려다주었으니까.

"잠깐만 기다리세요. 엄마가 나올 거예요."

린다는 얼른 집 안으로 들어갔다.

잠시 뒤, 린다의 엄마가 걱정스러운 얼굴로 젖은 손을 앞치마에 닦으며 현관으로 나왔다. 린다는 엄마 뒤에 서 있었다.

"안녕하세요? 린다의 엄마 리타 헨호크예요."

"안녕하세요? 마루시아 크라프추크예요. 이 아이는 제 딸 나디아입니다. 사과를 좀 가져왔어요. 오늘 농장에서 따 온 거예요."

아줌마가 린다의 엄마에게 봉투를 건넸다. 린다의 엄마는 봉투를 보고 미소를 지었다.

"사과나무가 있으세요?"

"아니요. 제가 농장에서 일하거든요."

린다의 엄마는 고개를 끄덕였다.

"차 한잔 하러 들어오세요."

린다의 엄마가 현관문을 활짝 열었다. 고양이 한 마리가 린다 엄마의 다리 사이로 나와서 길거리로 나가 버렸다. 내가 고양이를 잡으려고 하자 린다의 엄마가 말했다.

"걱정하지 않아도 돼. 곧 돌아올 거야. 조는 저녁 식사를 거른 적이 없어."

우리는 집 안으로 들어갔다. 따듯한 공기와 맛있는 냄새가 가득했다.

"어수선한데 이해해 주세요. 옥수수 케이크를 만들고 있었거든요."

하지만 집은 잘 정리되어 있었다. 현관문을 들어서면 바로 거실이 보이는데 낡은 소파, 의자 두 개, 커피 탁자로 쓰는 나무 상자가 있었다. 책장은 없고 마룻바닥은 거칠었지만 깔끔했다. 린다네 집은 확실히 가난해 보였다. 하지만 우리처럼 집에 대한 자부심이 느껴졌다. 린다가 우리 집에 와서 했던 칭찬은 모두 진심이었을 것이다. 기분이 조금 나아지는 것 같았다.

거실 뒤에는 타일이 깔려 있는 부엌이 있었다. 금방 청소를 마친 듯 깨끗했다. 린다의 언니 그레이스가 식탁에 앉아서 교과서와 공책을 펼쳐 놓은 채 우유를 마시고 있었다. 그레이스는 우리가 들어가자 손을 흔들고는 다시 숙제를 하기 시작했다.

"편히 있어요. 차를 가져올게요."

린다의 엄마가 우리를 소파로 안내했다.

"고맙습니다."

마루시아 아줌마가 소파에 앉아서 나에게 옆자리에 앉으라고 손짓을 했다.

"나디아에게는 우유를 줄게. 괜찮니?"

나는 목이 마르지 않았지만 마루시아 아줌마가 옆구리를 찔러서 고맙다는 인사를 했다. 린다는 엄마를 도우러 부엌으로 갔다. 잠시 뒤, 린다는 우유 두 잔과 차 두 잔을 쟁반에 내왔다. 린다의 엄마는 먹음직스러운 케이크를 가져왔다.

나는 양손에 옥수수 케이크를 들고 호호 불어서 식혔다. 마루시아 아줌마도 케이크를 한 조각 집어 들었다.

"정말 맛있어요."

아줌마가 케이크 맛에 감탄을 했다. 나도 한 입 베어 물고는 맛있어서 고개를 끄덕였다. 버터와 옥수수, 베이컨이 섞인 맛이었다.

"우리 집만의 케이크예요. 맛있다니 기뻐요."

마루시아 아줌마와 린다 엄마는 잠시 이야기를 나누었다. 나와 린다는 엄마들의 이야기가 끝나기를 기다렸다. 나는 린다와 동네를 둘러보고 싶었다. 아니면 집 안이라도 구경하고 싶었다. 하지만 그럴 수 없다는 걸 알았다. 마루시아 아줌마는 나에 대해서 조심성이 많기 때문이다.

마침내 마루시아 아줌마가 차를 다 마시고 컵을 내려놓았다.

"만나서 반가웠습니다."

우리는 모두 자리에서 일어났다.

집으로 돌아오는 길에 아줌마가 말했다.

"좋은 사람들 같아. 학교 끝나고 종종 린다네 집에 놀러가도 좋아. 하지만 전날 나에게 꼭 말해 줘야 해."

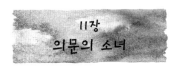

11장
의문의 소녀

시간은 천천히 흘러갔다. 첫 서리가 내리던 날, 이반 아저씨는 방문 페인트칠을 마쳤다. 마루시아 아줌마와 나는 앞마당에 튤립과 수선화 뿌리를 심었다. 얼른 봄이 와서 꽃이 피기를 기대하면서.

내 곁에는 나를 사랑하고 걱정해 주는 친구 린다와 부모님이 있었다. 사랑을 많이 받는 나는 행운아다. 물론 모든 것이 순조로운 건 아니었다. 에릭은 쉬는 시간이나 하굣길에 나를 볼 때마다 "히틀러 소녀!"라고 놀렸다. 문제는 우리가 자주 마주친다는 것이었다. 다행히 다른 남자아이들은 나를 놀리는 일에 싫증이 난 것 같았다.

이제 과거의 기억은 잘 떠오르지 않았다. 기억은 대부분 떠올랐지만 여전히 몇 개의 기억에 큰 구멍이 있었다. 10월의 마지막 일요일 저녁, 나는 뒷마당 계단에 아줌마와 아저씨와 나란히 앉았다. 연기가 피어오르고 낙엽 타는 냄새가났다. 이웃집에서 낙엽을 태우는 모양이었다. 우리는 아줌마가 캐모마일을 끓여서 꿀을 넣은 차를 마셨다. 나는 나를지키기 위해 인생을 바꾼 두 사람 사이에 앉아서 그네를 바라보았다. 아저씨가 나를 위해 만들어 준 그네다. 그 옆에라일락 나무도 보였다. 역시 나를 위해 심은 나무다. 아줌마는 난민 캠프에서부터 나를 보호하기 위해 엄마가 되어 주었다. 그리고 농장 일을 하느라 거칠어진 손으로 나를 위해치마와 블라우스를 한 땀 한 땀 바느질했다. 나도 모르게눈물이 터졌다.

"아가, 왜 우니?"

아줌마가 내 머리를 쓰다듬었다.

나는 흐느껴 우느라 말문이 막혔다.

"아니에요. 괜찮아요."

눈물을 멈추고 싶지만 계속해서 흘러나왔다.

"또 악몽을 꿨니?"

아저씨가 물었다.

나는 고개를 흔들었다.

"나는 행복해요. 나를 언제까지 사랑해 주실지 모르겠지만 정말 고마워요."

"나디아, 너는 내가 배 아파서 낳은 딸은 아니지만 가슴으로 낳은 딸이야. 나와 아저씨는 영원히 너를 사랑할 거란다."

"하지만 나는 사랑받을 자격이 없어요. 아줌마는 내가 나치가 아니라고 하지만 기억 속에서 난 나치였던 것 같아요."

아저씨는 주머니에서 손수건을 꺼내 내 볼에 흐르는 눈물을 닦아 주었다.

"기억난 걸 다 말해 보렴, 나디아. 우리가 너의 기억을 되찾는 데 도움이 될지 모르겠구나."

기억이 쏟아져 나왔다. 나는 내 동생 에바와 분홍색 드레스에 대해서 말했다. 그리고 읽는 것이 금지되었던 서재의 책들과 유일하게 읽을 수 있었던 책 한 권에 대해서도 말했다. 히틀러를 만난 일에 대해서도. 아줌마도 조금은 알고 있는 내용이었지만 전부는 아니었다. 아저씨는 입을 굳게 다문 채 조용히 듣고만 있었다. 이야기를 모두 끝냈을 때는 눈물조차 나오지 않았다.

"우리가 처음 만났을 때를 기억하니?"

마루시아 아줌마가 물었다.

나는 눈을 감고 집중했다. 마루시아 아줌마는 내 인생에서 중요한 사람이었다. 그런데 우리는 정확히 언제부터 함께했을까. 정확히 기억이 나지 않았다. 우리가 기차 화물칸에 숨어서 도망을 치던 때는 뚜렷하게 생각났다. 난민 캠프에 도착한 날도 생생하게 기억이 났다. 자주 꿈에 나타나던 독일 농장의 저택과 가족의 모습 한쪽에 아줌마의 모습이 겹쳐졌다. 어떻게 아줌마가 꿈의 일부가 되었는지는 모르겠지만 어쨌든 아줌마는 그곳에 있었다. 라일락 나무도 마찬가지였다.

"내가 알고 있는 것들을 말해 줄까?"

아줌마가 물었다.

나는 고개를 저었다.

"지금은 아니에요."

아줌마는 내 팔을 부드럽게 쓰다듬었다.

"나디아, 기억을 강요하는 건 아니야. 하지만 너의 인생에서 잃어버린 빈자리를 채우는 건 중요하단다. 그렇지 않으면 네가 진짜 누구인지 알 수 없으니까."

내가 누구였는지 정말로 알아야 할까. 만약 과거의 내가 싫다면 어떻게 해야 할까. 그날 밤, 나는 생각에 빠져 있다가 잠이 들었다.

손잡이를 잡아당겨도 문이 열리지 않는다. 창문도 굳게 닫혀 있다. 나는 주먹으로 창문을 두들긴다.

"내보내 주세요."

바깥세상은 연기로 가득하다. 사이렌 소리가 들린다. 나와 비슷하게 생긴 소녀의 얼굴이 보인다.

문이 살짝 열렸다가 닫히는 소리가 났다. 나는 침대에서 벌떡 일어나서 창문을 열었다. 이반 아저씨였다. 아직 새벽인데 아저씨가 공장에 일하러 나갔다. 나는 눈을 비벼 잠을 몰아내고 마음속에 두려움으로 자리 잡고 있는 꿈에 대해 생각했다. 건물이 불타고 있는데 나는 왜 안전한 차 안에서 나가려고 했을까. 그리고 어떻게 내가 차 안과 밖에 동시에 존재할 수 있을까.

나는 살며시 아래층으로 내려가서 뒷마당으로 나갔다. 어둠 속에서 그네에 앉아 낙엽이 타는 냄새가 섞인 공기를 들이마셨다. 냄새를 타고 오래전 일이 떠올랐다.

검은색 차가 폭격을 맞은 공장 앞에 서자 아빠가 내린다.

"오래 걸리지 않을 거야."

아빠가 문을 닫으며 엄마에게 말한다.

"일찍 와야 할 텐데. 집회에 늦으면 안 되는데."

엄마는 혼잣말을 하듯 중얼거린다.

아직 집회는 시작하지 않았다. 차 안은 덥고 분홍색 원피스가 살에 닿아 깔끄럽다. 머리는 너무 세게 묶어서 아프다. 에바는 머리를 등 뒤로 늘어뜨리고 부드러운 분홍색 모슬린 원피스를 입었다. 에바가 창문 밖을 내다보려고 나에게 몸을 기울이자, 에바의 신발 버클이 내 치맛자락에 걸린다. 나는 치마를 매만지며 한숨을 쉰다.

"에바, 앉아."

엄마가 에바의 옷을 잡아당기지만 에바는 꼼짝하지 않는다.

"엄마, 더워요."

에바가 창문을 내리자 시원하지만 매캐한 공기가 들어온다.

"연기가 들어오잖니."

"땀 냄새를 맡는 것보다 낫잖아요."

내가 저렇게 말대답을 했다면 뺨을 맞았을 것이다. 나는 목을 길게 빼서 공장에서 무슨 일이 일어났는지 내다본다. 듣기로는 무기를 만드는 공장이 폭격을 당했다는데……. 건물 대부분이 폭탄을 맞아 내려앉고 연기가 피어오른다. 무기를 만드는 포로들이 안에 있었다면 모두 죽었을 것이다.

아빠는 팔에 나치 완장을 차고 있는 소년들에게 명령을 내린다. 회색 누더기를 입은 여자들이 겁에 질린 얼굴로 연기 속에서 절뚝거리며 나온다. 옷에 묻은 핏자국 말고는 모든 것이 회색 재에 뒤덮인 채다. 폭탄 조각이 머리를 스쳤는지 금색, 갈색, 검은색 머리에서 피가 흐른다.

"왜 저 사람들은 노란색 별을 달고 있지 않아요?"

에바가 묻는다.

엄마는 창문에 얼굴을 대고 여자들을 유심히 살핀다. 나도 똑같이 따라 한다. 모두 'OST(오스타베이터Ostarbeiter의 약자-옮긴이)'라고 씌어 있는 흰색과 파란색 배지를 달고 있다.

"저 사람들은 동유럽 포로들이야."

"유태인처럼 열등해요?"

"그렇단다. 그래서 이런 데서 일하는 거야. 독일인이 폭탄을 맞으면 안 되지 않니?"

나는 슬픔에 잠긴 OST 포로들의 얼굴을 본다. 그런데 한 소녀가 금발 머리는 아니지만 조금 더 큰 내 모습 같다. 소녀는 내 눈빛을 눈치챈 듯 나를 쳐다본다. 눈이 마주치자, 깜짝 놀라 입을 벌린다. 소녀가 나에게 무언가 말하려고 하지만 나치스 소년단이 와서 밀쳐 버린다.

뒷문이 열렸다. 나는 눈을 깜빡이고 주위를 둘러보았다.

나는 뒷마당에서 그네를 타고 있었다. 발이 시퍼렇게 얼었다. 뒷문을 보니 마루시아 아줌마가 얇은 겉옷을 어깨에 걸치고 서 있었다.

"나디아, 왜 벌써부터 나와 있니? 그러다 감기 걸리려고."

아줌마가 담요를 둘러 주었다. 나는 얼어서 뻣뻣해진 다리를 바닥에 짚고 그네에서 일어났다. 아줌마는 따듯한 코코아 한 잔을 만들어 주었다. 얼었던 몸이 녹는 것 같았다. 기억의 조각들이 다시 생생하게 떠올랐다. 나와 닮은 소녀는 내가 아니다. 소녀의 옷에 붙어 있던 OST 배지는 무엇일까. 분명히 우리는 예전에 만난 적이 있었다.

"좀 더 기억이 났니?"

"아줌마와 내가 만났던 때는 아니에요. 검은색 차가 떠올랐고 왜 불이 났는지 기억났어요."

나는 공장의 폭격과 나와 닮은 소녀에 대해서 털어놓았다. 아줌마가 손을 뻗어 내 손을 잡고는 잠시 동안 아무 말도 하지 않았다. 무슨 말을 해야 할지 생각하는 것 같았다.

"우크라이나와 폴란드에서 잡혀 온 수백 명의 포로들을 '오스타베이터'라고 불렀어."

그때, 낡은 회색 옷을 입고 OST 배지를 가슴에 달고 있던 마루시아 아줌마의 모습이 떠올랐다. 나는 코코아 잔을 내려놓다가 그만 식탁에 쏟았다. 나는 두 손으로 얼굴을 감싸며 아줌마를 떠올렸다.

"아줌마도 OST 포로였지요?"

"나디아, 기억이 돌아오고 있구나. 우리가 만났던 때가 기억나니?"

"그때 폭격을 맞은 공장에 있었어요? 내가 본 사람이 아줌마였나요?"

나는 질문을 하면서도 말이 되지 않는다는 걸 알았다. 마루시아 아줌마와 나는 닮지 않았으니까.

"우리는 독일 농장의 저택에서 만났어. 좀 더 기억하려고 노력해 봐."

기억이 조금씩 떠올랐다. 군용 트럭이 집 앞에 섰다. 군인이 뒷문을 열자 OST배지를 단 여자 포로 한 명이 차에서 굴러떨어졌다. 마루시아 아줌마였다! 오랫동안 못 씻었는지 몸에서 심한 냄새가 났다. 아줌마는 일어나려고 했지만 다리에 힘이 풀려서 다시 주저앉았다. 그리고 고개를 들어 나를 봤다. 나는 좋은 옷과 큰 집이 미안해서 집 안으로 들어가서 숨어 버렸다.

"기억나요. 이제 기억이 나요. 그때 어디서 온 거예요?"

나는 작은 목소리로 물었다.

"젤레나. 우크라이나 동쪽에 있는 작은 마을이야. 나치가 사람들을 마을 광장에 모았어. 오지 않는 사람은 찾아내서 총살한다고 협박했지. 그리고 모인 사람들을 분류했어. 나는 트럭에 실렸어. 난방도 되지 않고 먹을 것도 주지 않았어. 몇몇 사람들이 음식을 조금 가지고 있어서 그걸 겨우 나누어 먹었어. 우리는 오랫동안 트럭에 실려 끌려갔단다."

아줌마는 흐르는 눈물을 손등으로 닦았다.

"그때 독일 저택으로 온 거예요?"

"아니. 콜론에 있는 포드 베르크 공장으로 보내졌어."

기억의 조각들이 머릿속을 떠다녔다.

"폭탄을 만드는 공장으로 가지 않아서 다행이에요."

"운이 좋았지. 하지만 우리는 모두 포로였어."

"어떻게 내가 살던 곳으로 오게 되었어요?"

"자동차 공장에 있을 때 독일인들이 밤마다 우리를 큰 창고에 가뒀어. 그때 탈출하려다가 붙잡혀서 강제 수용소로 보내졌지. 그런데 내가 요리를 잘한다는 걸 알고 집안일을 시키려고 힘멜 장교 집으로 보낸 거야."

나는 식탁에 놓인 코코아 잔만 내려다보았다. 마루시아 아줌마는 내가 아빠라고 부르던 힘멜 장교를 알고 있었다. 아줌마가 겪었던 고통을 생각하니 속이 울렁거렸다.

"기억이 나기 시작한다니 다행이구나. 더 기억이 나면 네가 죄책감을 느낄 이유가 없다는 것도 알게 될 거다."

"제 과거에 대해 알고 있는 것들을 왜 다 말해 주지 않나요? 그러면 간단할 텐데요."

"나도 너의 과거를 모두 알고 있는 건 아니야. 내가 알고 있는 부분을 말했다가 너의 기억에 영향을 미칠까 봐 두려워. 스스로 생각해 내는 것이 가장 좋을 거야."

"말은 쉽지요. 아줌마는 나처럼 악몽을 꾸지 않으니까 말이에요."

나는 아줌마에게 화를 냈다.

아줌마는 잠시 말이 없었다. 그러다가 눈물을 닦고는 내 손 위에 손을 얹었다.

"얘야, 나도 나만의 고통스러운 기억들 속에서 살아가고 있단다."

12장
붉은 잉크

학교 수업에 집중하려고 했지만 페리스 선생님이 칠판에 쓴 글자들이 뒤섞여 버렸다. 나와 닮은 소녀에 대한 생각을 떨칠 수가 없었다. 그 소녀는 대체 누구이길래 내 꿈에 등장하는 것일까. 생각에 너무 빠져 있느라 쉬는 시간 종소리도 듣지 못했다. 린다가 내 팔을 치는 바람에 놀라서 자리에서 벌떡 일어났다.

"미안해. 네가 마치 유령을 본 것 같아서."

나는 머릿속에 떠오른 생각들을 날려 버리기 위해 눈을 몇 번이나 깜빡였다. 나와 닮은 소녀는 아마도 내 상상 속의 유령일 것이다.

"밖으로 나가자."

내가 말했다.

린다는 나보다 빨리 복도를 걸어 내려가서 문을 열었다. 나는 감각이 없어진 다리로 서둘러 린다를 쫓아갔다.

"너 오늘 좀 이상해."

린다가 운동장에 서서 말했다.

"미안해. 오늘 몸이 좋지 않아."

"신선한 공기를 마시면 좀 나아질 거야."

하지만 공기는 신선하지 않았다. 낙엽 태우는 매캐한 냄새가 났다. 우리는 수다를 떨고 있는 같은 반 여자아이들 무리를 지나쳐 걸어갔다. 이야기 소리가 조금 들렸다. 마녀, 유령, 간호사 등 내일 핼러윈에 입을 의상에 대해 이야기하고 있었다. 다른 여자아이들은 아래 학년 아이들과 두 줄로 줄넘기를 하고 있었다. 하지만 아이들 누구도 린다와 나에게 함께 놀자고 부르지 않았다. 남자아이들은 운동장에서 축구를 하고 있었다. 나도 다른 아이들처럼 평범하게 지내기를 얼마나 바랐는지. 끔찍한 과거가 없다면 얼마나 행복할까.

교실에 들어왔더니 교과서 한쪽에 봉투가 놓여 있었다. 당황스러웠다. 페리스 선생님이 내가 수업에 집중하지 않은 것을 알아차린 걸까. 학생부실에 다녀오라는 메모면 어떻게 하지. 하지만 나는 봉투를 들고 안도의 한숨을 내쉬었다. 봉투 겉면에 대문자 'N'이 붉은 잉크로 씌어 있었다. 누가 봐도 어린이 글씨체였다. 생일잔치나 핼러윈 파티 초대장일까. 나는 린다의 책상을 보았다. 린다에게는 봉투가 없었다. 만일 린다가 초대받지 못했다면 나 혼자서 파티에 갈 수 없었다.

수업이 시작할 때까지 시간이 남아서 대부분의 아이들이 자리에 돌아오지 않았다. 페리스 선생님은 교실 앞에 있는 책상에 앉아서 채점을 하고 있었다. 나는 선생님이 볼 수 없도록 무릎에 봉투를 올려놓고, 조심스럽게 찢어서 편지를 꺼냈다. 편지에는 나치를 상징하는 문양과 노란 머리를 땋은 여자아이 그림이 있었다. 그림 아래에는 이렇게 씌어 있었다.

"나치 나디아, 히틀러 땅으로 돌아가!"

"나디아, 무엇을 읽고 있니?"

페리스 선생님이 허리에 손을 얹고 서서 날카로운 목소리로 물었다.

"수업 시간에 쪽지를 돌리면 안 되는 거 알지?"

나는 편지를 책상 안에 넣었다. 편지 봉투가 바닥으로 떨어졌다. 몇몇 아이들이 뒤를 돌아 나를 쳐다보았다. 에릭은 웃고, 데이비드는 웃음을 참고 있었다.

"아무……, 아무것도 아니에요. 교과서를 꺼내고 있었어요."

"교과서는 책상 위에 이미 놓여 있는데? 일어나서 무엇을 읽고 있었는지 말해 봐."

선생님이 단호한 목소리로 말했다.

나는 벌떡 일어섰지만 편지를 책상 위에 꺼내지 않았다. 심장이 두근거렸다. 끔찍한 글을 아이들 앞에서 어떻게 읽을 수 있겠는가.

"나디아, 쪽지 가지고 나와. 내용을 봐야겠어."

나는 자리에 가만히 서 있었다. 선생님이 다가오더니 허리를 굽혀 내 책상 안을 들여다보았다. 그리고 편지를 꺼내 펼쳤다. 선생님의 얼굴이 굳어졌다.

"나디아, 앉아."

선생님이 내 어깨에 손을 얹고는 교실 앞으로 걸어가더니, 끔찍한 편지를 모두에게 보여 주었다. 순식간에 교실이 쥐 죽은 듯 조용해졌다. 누군가는 키득키득 웃었다. 나는 의자에 축 늘어진 채 앉았다. 교실에서 사라지고 싶었다.

"누가 이런 짓을 했니?"

선생님이 큰 소리로 물었다. 아무도 손을 들지 않았다.

"잘못한 사람이 나오지 않으면 모두 교실에 남아야 해."

하지만 어느 누구도 손을 들지 않았다. 나는 에릭의 뒤통수를 바라보았다. 에릭은 두 손을 책상에 올리고 뻣뻣하게 앉아 있었다. 지금은 웃고 있지 않았다. 에릭의 짓인지, 데이비드의 짓인지는 확실하지 않았다. 다른 아이일 수도 있었다. 나는 한없이 작아지는 기분이었다.

"모두 손을 책상에 올려. 손바닥이 위로 향하도록."

페리스 선생님은 돌아다니면서 아이들 손가락에 붉은 잉크가 묻어 있는지 검사했다. 그러다가 데이비드 자리에서 멈춰 섰다. 선생님은 데이비드의 손가락을 붙잡고 앞뒤로 살펴보았다.

"붉은 잉크구나. 지금 당장 서랍에 있는 물건을 모두 꺼내."

데이비드는 책상 서랍에서 교과서, 공책, 연필, 펜을 꺼냈다. 선생님은 물건들을 보더니 모두 바닥에 던져 버렸다.

"이게 다예요."

데이비드는 결백하다는 듯한 표정이었다. 선생님은 서랍 안을 뒤져서 공책 한 권과 붉은 잉크가 가득 채워진 만년필을 꺼냈다. 공책에는 끔찍한 '나치 나디아'의 얼굴이 몇 장더 그려져 있었다. 나도 모르게 몸이 움츠러들었다.

"일어나."

페리스 선생님은 데이비드의 귀를 잡고 교실 밖으로 끌어냈다. 교실 문이 닫히자, 수십 개의 눈동자가 나에게로 향했다.

나는 아줌마와 아저씨에게 핼러윈 파티에 가고 싶지 않다고 했다. 데이비드한테 놀림을 받은 다음 날, 우스꽝스러운 분장을 하고 싶지 않았다. 그냥 집에서 집안일을 하는 편이 훨씬 나았다.

"나디아, 이번만이야."

그날 오후, 나는 싱크대에서 아줌마의 작업복에 묻은 얼룩을 지웠다. 그런데 미하일로가 뒷문을 두드리는 소리가 들렸다. 핼러윈 의상을 입고 있지 않았다.

"열렸어."

나는 창문 너머로 말했다.

"오후에 핼러윈 파티 안 해?"

"했어. 그냥 흰색 천을 뒤집어쓰고 유령이라고 했지."

나는 웃음이 나왔다.

미하일로가 주머니를 뒤지더니 사탕을 꺼내 주었다.

"넌 이제 남자에게 사탕을 받았다고 말해도 돼."

나는 얼굴이 빨개졌다.

"고마워. 식탁 위에 올려놔 줘."

내 손에는 비누 거품이 묻어 있었다. 나는 아줌마의 작업복을 비틀어 짜서 뒷마당에 널었다. 그리고 사탕 껍질을 벗겨서 입에 넣었다.

"오늘 밤에 사탕 얻으러 다닐래? 가고 싶으면 나랑 같이 다녀도 돼."

나는 사탕을 얻으러 다닐 마음이 없었다. 어제 학교에서 있었던 일 때문에 밖을 돌아다닐 기분이 아니었다. 모든 것이 부끄러웠다. 그리고 핼러윈에 의상을 입고 분장을 하는 일이 좀 무섭게 느껴졌다.

"나는 의상이 없어."

"유령은 어때? 아니면 거지나. 그런 분장은 아주 쉬워. 공짜로 사탕 받고 싶지 않아?"

미하일로는 내가 관심을 보이도록 설득을 했다.

솔직히 공짜로 사탕을 받는 일은 기대가 됐다. 그리고 미하일로와 함께 다닌다면 안전할 것이다.

"아줌……, 아니 엄마, 아빠에게 가도 되는지 물어볼게."

"좋아. 어두워지면 데리러 올게."

내가 사탕을 얻으러 나가겠다고 말하자, 이반 아저씨가

흔쾌히 허락해 주었다. 미하일로와 함께 간다고 하니 더 기뻐했다.

"어린이는 자주 놀 필요가 있어."

아저씨는 핼러윈 의상 준비를 도와주었다. 나는 아저씨의 플란넬 셔츠를 입고 그 안에 들판에서 베어 온 풀을 채워 넣어 허수아비로 분장했다. 머리에는 아줌마의 낡은 옷을 뒤집어썼다. 여러 차례 기운 옷이었다. 아저씨는 립스틱으로 얼굴에 허수아비처럼 그림을 그려 주었다.

아줌마와 아저씨는 우리 집에 오는 아이들에게 줄 사탕이 없었다. 그래서 농장에서 받아 온 사과를 반짝반짝하게 잘 닦아 놓았다. 아줌마는 저녁에 내가 밖에 나간다는 걸 믿지 못하는 것 같았다. 걱정스러운 얼굴이었다. 하지만 기뻐해 주었다. 미하일로와 집을 나설 때는 아주 오랫동안 나를 안아 주었다.

"아는 길로만 다니렴. 그리고 한 시간 내로 집에 와야 한다."

여러 이웃들과 가까이에 살아서 좋은 점은 한 시간 동안 많은 집에 들를 수 있다는 거였다. 손에 든 베개 커버가 설탕을 녹여 바른 사과, 캐러멜, 풍선껌, 땅콩 같은 간식거리로 가득 찼다. 그날 저녁, 나는 아줌마와 아저씨와 함께 사탕을 아주 많이 먹었다. 배가 아플 만큼 먹고 나서야 잠자리에 들었다.

하지만 밤새 뒤척거리다가 길고 무서운 꿈을 꾸었다. 아침에 눈을 떴을 때는 꿈이 조금밖에 기억나지 않았다.

13장
예이츠 성

　특별한 일이 없으면 매주 화요일 방과 후에 나는 린다네
집에 놀러 갔다. 린다는 목요일마다 우리 집에 놀러 왔다.
린다의 방에는 이 층 침대와 낡은 소설책이 가득한 책장이
있었다. 하지만 숨이 막혔다. 내 생각에 린다의 언니 그레이
스 때문인 것 같았다. 린다는 언니와 함께 방을 썼다. 린다
의 언니는 늘 베개에 기대앉아서 책을 읽거나 친구와 숙제
를 했다.

　린다네 집은 뒷마당에도 놀 곳이 많지 않았다. 잡초가 무
성한 데다 빨랫줄이 뒷마당 한가운데를 지나게 매어 있었
다. 우리는 주로 식탁에서 카드 놀이를 했다. 그런데 어느
날, 린다가 모노폴리 보드게임을 빌려 왔다. 카드를 가지고
놀 때는 한두 시간 동안 여러 가지 놀이를 했는데, 모노폴

리는 시간이 훨씬 많이 걸렸다. 마루시아 아줌마는 화요일마다 농장에서 일을 마치고 나를 데리러 왔다. 모노폴리를 하는 날은 게임이 너무나 흥미진진해서 아줌마를 따라 집으로 가는 게 무척 아쉬웠다.

"토요일에 우리 집에 올 수 있어? 엄마가 토요일에는 오랫동안 놀아도 좋대."

린다가 말했다.

아줌마와 아저씨도 허락해 주었다. 린다 엄마는 내게 토요일 아침에 일찍 와서 점심도 먹으라고 했다. 아저씨가 우크라이나 성당의 마당에 일하러 가는 길에 나를 린다네 집까지 데려다주었다. 다 놀고 나면 내가 성당으로 가서 아저씨와 함께 집으로 돌아오기로 했다.

나는 9시 전에 린다네 집에 도착했다. 린다 엄마는 부엌에서 사과 소스를 만들고 있었다.

"곧 린다가 내려올 거야."

아줌마는 내게 사과를 먹으라고 했지만, 아침을 먹은 지 얼마 안 돼서 망설였다.

"조 옆에 앉으렴. 할퀴지 않을 거야."

린다 아빠가 신문을 낮추고 나를 쳐다보고는 윙크를 했다. 린다 엄마만큼이나 친절해 보였다.

그런데 내가 집으로 들어올 때 파리 한 마리가 함께 들어온 듯했다. 파리가 내 머리 주위를 계속 날아다녔다. 손으로 쫓아냈지만 끈질기게 귀찮게 했다. 그때, 내 머리 옆으로 신문이 날아왔다. 나는 놀라서 눈을 감았다. 린다 아빠가 왜 나를 때렸는지 모르겠다. 아저씨가 뭐라고 말하는데, 잘 들리지 않았다.

"에바, 너무 많이 먹지 마."

엄마가 에바의 접시에 손을 뻗는다. 하지만 에바는 양손으로 접시를 붙잡고 등 뒤로 숨긴다.

"내가 가장 좋아하는 음식이에요. 엄마도 알잖아요."

에바가 사과가 들어 있는 커다란 팬케이크 조각을 입속에 밀어 넣는다. 사과 조각이 식탁 위로 떨어진다. 에바는 얼른 사과 조각을 집어서 입에 넣는다.

"저 아이가 네가 먹는 양의 반이라도 먹는다면 좋을 텐데. 히틀러 총통이 아끼는 저 아이가 굶고 있다는 것을 알면 우린 끝이야."

나는 내 앞에 놓인 접시를 보고 나이프와 포크를 잡는다. 팬케이크를 조금 잘라서 입에 넣는다. 느끼한 냄새 때문에 입맛이 떨어진다. 그리고 노란색 별을 달고 있던 아이들이 떠오른다. 그 아이들은 아무것도 먹지 못해서 삐쩍 말랐는데 나 혼자 어떻게 배불리 먹을 수 있지? 나는 접시를 밀어 버린다.

엄마가 내 뺨을 세게 때린다.

"나디아, 괜찮니?"

린다 아빠가 부르는 소리에 정신이 들었다. 나는 식탁 옆에 서 있었다. 의자는 바닥에 뒤집어져 있었다. 나는 손바닥으로 뺨을 감쌌다. 조금 전 엄마에게 뺨을 맞은 것처럼 얼얼했다.

"괜찮아요."

하지만 괜찮지 않았다. 갑자기 떠오른 기억 때문에 어지럽고 속이 메스꺼웠다.

린다가 모노폴리 상자를 들고 부엌으로 들어왔다.

"나디아, 너 아파 보여."

부엌은 후텁지근하고 사과 냄새가 가득했다. 토할 것 같았다.

"밖에서 게임 해도 괜찮을까?"

"물론이지."

린다가 모노폴리 상자를 챙겼다.

"밖에서 놀아도 되지요?"

"그래, 하지만 집 주위에 있으렴."

린다 아빠가 말했다.

우리는 뒷마당으로 나와서 신선한 공기를 들이마셨다.

"공원에 가자."

린다가 말했다.

주위에 공원이 있는 줄은 몰랐다. 우리는 린다네 집이 있는 어셔 거리에서 서쪽으로 걸어갔다. 집에서 멀어지자 더 낡은 집들이 있는 동네가 나왔다. 러쉬튼 거리로 들어서자 나무 덤불에 가려진 화려한 철문이 나타났다. 마치 동화책에 나오는 집 같았다. 내가 꿈을 꾸는 것일까, 아니면 현실일까. 나는 문을 만져 보았다.

"이쪽으로 와 봐. 내가 더 좋은 곳을 보여 줄게."

린다가 내 손을 잡았다.

우리는 모퉁이를 돌았다. 덤불 사이로 예쁜 담장이 죽 연결되어 있는 것이 보였다. 눈앞에 펼쳐진 장면이 놀라워서 나는 린다의 어깨를 붙잡고 흥분을 가라앉혔다. 언덕 위에 쓰러져 가는 커다란 저택 한 채가 서 있었다. 페인트칠이 군데군데 벗겨지고 낡은 커튼이 부서진 창문에서 펄럭였다. 마치 꿈속에서 시간 여행을 하는 것 같았다. 왠지 불길한 느낌이 들었다.

"예이츠 성이야. 사람이 사는 것 같지는 않아. 가끔 떠돌이가 들르면 모를까."

기억 속에서 또 다른 저택이 떠오르려고 했다. 엄마, 아빠, 에바와 함께 살던 저택도 아니고, 난민 캠프에 있던 건물도 아닌 또 다른 저택이⋯⋯. 목구멍에서 뜨거운 것이 올라와서 구역질이 났다.

"나디아, 괜찮아?"

나는 심호흡을 하고 마음을 가라앉히려고 노력했다. 잠시 뒤, 나는 다시 똑바로 설 수 있었다.

"응. 괜찮아."

"왜 그래? 이 집이 무서워?"

나는 선뜻 대답하지 못했다.

"이 집을 보고 전쟁이 떠오른 거야?"

"그런 것 같아. 하지만 정확하게 무엇인지는 모르겠어."

"이리 와. 다른 곳으로 가자."

린다가 내 손을 잡았다.

우리는 성인지 유령의 집인지 모를 저택을 서둘러 지났다. 눈물이 났다. 아름답지만 끔찍했다.

나는 흰색 페인트가 칠해진 계단을 지나 어딘가로 옮겨지고 있다. 발로 차고 소리를 지르지만 소용없다.

"엄마! 엄마! 어디 있어요?"

나는 방 안에 혼자 남겨진다. 문을 열려고 하지만 잠겨 있다. 손에서 피가 날 때까지 문을 두드리지만 아무도 대답하지 않는다.

뛰다가 정신을 차려 보니 숨이 턱밑까지 차오르고 땀이 흘렀다. 린다가 내 손을 붙잡고 나무숲 사잇길로 올라가고 있었다. 우리는 언덕을 내려가 공원으로 갔다. 앞이 탁 트여서 더 이상 무섭지 않았다. 어서 거리를 지나다니는 사람들이 이렇게 멋진 공원을 알지 못한다는 사실이 놀라웠다.

우리는 공원 한가운데로 들어가서 잔디에 앉았다. 린다와 나는 나란히 누워서 아무 말도 하지 않고 하늘에 떠다니는 구름을 바라보았다.

"예이츠 성을 보고 무슨 생각이 떠오른 거야?"

두려움이 밀려왔다. 나는 일어나 앉아서 린다를 보았다. 문득 린다에게 내 과거의 기억을 털어놓고 싶었다. 하지만 린다가 이해해 줄지 알 수 없었다. 더 걱정되는 것은 다른 사람에게 말할지 모른다는 거였다. 미하일로가 캐나다 사람들에게 과거를 이야기할 때 조심하라고 주의를 줬는

데……. 그래도 린다는 나의 가장 친한 친구이지 않은가.

"아주 큰 집에 갇혔던 기억이 떠올랐어. 그래서 무서웠어."

"누가 너를 가뒀는데?"

린다는 모르겠다는 얼굴이었다.

"모르겠어."

"부모님이 가둔 거야?"

"그건 아니야."

아줌마와 아저씨가 나에게 그런 일을 했다는 건 상상도 할 수 없었다. 나는 더 이상 아무 말도 하지 않았고, 린다도 더는 묻지 않았다. 우리는 카드 짝 맞추기, 구름에서 모양 찾기 등을 하며 놀았다.

"오늘은 네가 몸이 좋지 않으니까 집에서 푹 쉬는 게 좋을 것 같아."

나는 고마운 눈빛으로 린다를 바라보았다.

"예이츠 성을 다시 지나가야 해?"

"아니, 그쪽으로 가지 않아도 돼. 저 언덕 위로 올라가면 테라스 힐 거리가 나와. 거기서 우크라이나 성당으로 갈 수 있어."

"나 때문에 모노폴리 게임을 못 했는데, 괜찮아?"

"나디아, 당연히 괜찮지. 다음에 하면 되잖아."

테라스 힐 거리로 올라가자 기차역과 아름다운 풍경이 내려다보였다. 우리 집으로 가는 길도 보였다. 우크라이나 성당이 너무 가까워서 깜짝 놀랐다. 예이츠 성 아래쪽과 성당 끝은 겨우 도로 하나를 건너는 거리였다. 심장이 두근거렸다. 성당은 내가 안전하다고 느끼는 몇 안 되는 곳인데 무서운 성이 가까이 있다고 생각하니까 성당에서 다시 편안함을 느낄 수 있을지 걱정되었다.

아저씨는 성당 앞 잔디밭에서 낙엽을 쓸어 모으고 있었다. 미하일로는 아빠를 도와 성당에 작은 나무를 심고 있었다. 아저씨는 나와 린다를 보고 놀랐다.

"벌써 게임이 끝났니?"

"아직 게임을 마친 건 아니에요. 그냥……."

나는 린다를 바라보았다.

나와 눈이 마주치자 린다가 고개를 끄덕였다.

"지루해져서요. 다음에 다시 하려고요."

아저씨는 허리를 펴고 아직 치우지 못한 잔디밭을 쳐다보았다.

"한 시간 내로 마칠 수 있을 거다."

"제가 도와드릴게요."

"저도요. 갈퀴가 더 있어요?"

나는 린다에게 미소를 지었다.

아저씨도 웃었다.

"우리 셋이서 함께하면 오래 걸리지 않겠구나."

일을 마치고, 아저씨는 내 손을 잡고 예이츠 성을 따라 어셔 거리 쪽으로 걷기 시작했다.

"이 길은 린다네 집으로 가는 지름길이야. 그리고 아주 신기한 성을 보여 줄게."

아저씨도 성을 알고 있었다. 하긴 성당에서 일하는데 바로 뒤에 있는 성을 보지 못했을 리 없었다. 오히려 그동안 알아차리지 못한 내가 이상한 거겠지.

나는 가만히 서서 한 발짝도 움직이지 않았다.

"그곳에 가면 무서워요."

아저씨가 놀라서 나를 보고, 린다를 보았다. 린다는 어깨를 으쓱했다.

"이 길로 가고 싶지 않은 거니?"

"네."

우리는 테라스 힐 거리를 걸어서 린다를 바래다주었다.

아저씨와 나만 남았다.

"성을 보고 뭐가 떠올랐니?"

나는 고개를 끄덕였다.

"독일 농장에 있는 저택?"

어깨가 떨렸다.

"나와 함께 다시 가 보고 싶지 않겠지?"

"네, 안 가고 싶어요."

"안타깝구나. 가까이에서 보면 좋을 텐데."

하지만 생각만 해도 몸에 소름이 끼쳤다.

"그 성은 1800년대에 지어졌는데, 기차역 주인의 저택이었어. 그 성은 마치……."

나는 아저씨의 손을 꽉 잡았다. 아저씨는 나를 보더니 말을 멈추었다.

14장
납치된 아이들

어느 토요일 아침, 마루시아 아줌마가 식료품 가방을 들고 얼굴에 미소를 띤 채 현관으로 들어왔다. 나는 도서관에 들렀다가 막 집에 도착한 참이었다.

"나디아, 오늘 무슨 일이 있었는지 상상도 못 할 거야."

아줌마는 겨울 외투를 벗으며 말했다.

"새로운 일자리를 얻었어요?"

아줌마의 얼굴에 실망스러운 표정이 스쳤다. 추수철이 끝나고 아줌마는 아직 일자리를 구하지 못했다. 12월부터 새로 문을 연 세탁소에서 네 시간씩 일하고 있지만 농장에서 버는 만큼 받지는 못 했다.

"그건 아니야."

아줌마는 외투 주머니를 뒤져서 작은 종이를 꺼냈다.

"오늘 밤 영화표야. 손님한테서 얻었어."

영화표라니! 미하일로와 극장 앞을 지나가 본 적은 있지만 실제로 영화를 볼 수 있을 거라고는 생각지도 못 했다.

"무슨 영화를 볼 거예요?"

"극장에서 '신데렐라'를 상영 중이야. 영어판 '포펠류쉬카'란다."

〈포펠류쉬카〉는 내가 아주 좋아하는 동화였다.

아저씨가 성당에서 일을 마치고 돌아오자 우리는 기쁜 소식을 알렸다. 우리 셋은 재빨리 식사를 마치고 특별한 저녁을 위해 집을 나섰다. 아줌마는 머리를 곱게 빗고 화장을 해서 아주 아름다웠다. 극장까지는 얼마 걸리지 않았다. 아저씨가 빨간 모자를 쓴 남자에게 영화표를 보여 주었다. 남자가 안으로 들어가라고 손짓을 했다.

우리는 천장에 고풍스러운 그림이 그려져 있고 붉은색 벨벳 커튼이 드리워진 넓은 복도를 지났다. 한쪽 벽은 오래된 영화 포스터들로 가득했다. 붉은 립스틱을 바르고 짙은 갈색 머리를 한 여자가 인상적이었다. '바람과 함께 사라지다'라는 영화였다. 나는 아저씨 손을 끌어당겨 포스터를 가리켰다. 아저씨가 웃었다.

우리는 커튼을 통과해서 극장으로 들어갔다. 벌써 자리

에 사람들이 많았다. 나는 앞줄을 가리켰다. 거의 비어 있었다. 우리는 다른 사람들이 알아차리기 전에 서둘러 앞줄로 갔다. 그리고 가장 한가운데에 세 자리를 맡았다. 나는 화면 전체를 볼 수 있도록 의자에 등을 기댔다. 영화는 큰 책이 펼쳐지는 장면으로 시작했다. "옛날, 옛날에 아주 먼 곳에 작은 왕국이 있었습니다."라는 내레이션과 함께.

책 속으로 빨려 들어가는 것 같았다. 만화영화가 아니라 사람이 연기하는 영화도, 컬러 영화도 처음이었다. 예전에 아빠가 에바와 나를 극장에 데려가서 보여 준 영화는 히틀러가 어떻게 영웅이 되었는지에 관한 영화였다. 심각하기만 하고 재미가 없었다. 하지만 '신데렐라'는 달랐다. 슬픈 부분도 있지만 춤과 노래가 있어서 행복한 영화였다. 하지만 아주 큰 저택에 있는 신데렐라의 초라한 방을 보니 심장이 두근거렸다. 예이츠 성에 있는 방들도 저렇게 초라할까.

영화가 끝나고, 우리 셋은 걸었다. 아저씨는 아줌마의 허리에 팔을 둘렀고, 나는 몇 발짝 앞에서 주머니에 손을 넣고 걸었다. 신데렐라가 부르는 꿈과 희망의 노래를 생각했다. 나는 꿈과 희망에 대해서 생각해 본 적이 없었다. 나에게도 이루고 싶은 꿈이 생길까. 지금 나의 꿈은 소망이 아니라 악몽이었다.

집에 돌아온 뒤 아줌마와 아저씨는 부엌에 앉아서 이야기를 했다. 나는 둘만의 시간을 주고 싶었다. 그래서 내 방으로 올라갔다. 침대에 앉아서 방 안을 새로운 마음으로 바라보았다. 신데렐라의 방처럼 다락방이지만 따뜻하고 편안했다. 라일락색으로 칠한 벽은 나를 지켜 주는 것 같고, 나무상자로 만든 탁자는 투박하지만 도서관에서 빌려 온 책과 램프를 올려놓기에 충분했다. 더 이상 필요한 것이 없었다. 마루시아 아줌마와 이반 아저씨에게 사랑을 받는 나는 얼마나 운이 좋은 아이인가. 도서관에서 책을 빌려서 품에 안고 돌아오는 길도 항상 행복했다.

흰 벽에 어두운 그림자가 춤을 춘다. 문고리 주위에 누군가 손톱으로 긁은 자국이 나 있다. 문 군데군데 나무 거스러미가 일었다. 나는 높은 곳에 있는 창문을 내다보기 위해 창살을 붙잡고 까치발을 딛는다. 저 아래 발자국이 지저분하게 찍힌 눈밭이 보인다. 하지만 곧 팔에 힘이 풀려 바닥으로 떨어진다. 나는 갇혀 있다.

소리를 질렀더니 목이 아프다. 문고리를 너무 잡아당겨서 손톱에서 피가 배어 나온다. 마룻바닥에 누워서 전구를 바라본다. 내 숨소리만 울려 퍼진다. 그때, 문밖에서 쿵쿵거리는 발소리가 들린다. 발을 질질 끌며 빨리 걷는다. 복도에서 어린아이가 고함을 지르는 소리가 들린다. 문이 쾅 닫힌다.

또 다른 납치된 아이다.

나는 문이 열리기를 기도한다. 이곳에서 나가고 싶다고 간절히 기도한다.

몇 시간, 아니 며칠이 흘렀을까. 창문을 두드리는 소리가 들린다. 내 방은 이 층인데 어떻게 된 거지? 혹시 내가 죽어서 천사가 창문을 두드리는 걸까. 그러다 누군가 밖에서 창문을 향해 돌을 던지고 있다는 것을 알아차린다. 나는 바닥에서 몸을 일으켜 창살을 붙잡는다. 맨발로 벽을 타고 창문을 향해 올라간다. 마침내 창틀에 겨우 발을 딛고 몸을 일으킨다.

여자다. 눈이 퉁퉁 부어 있다. 머리에 해어진 두건을 쓰고 있다. 여자는 나에게 미친 듯이 손을 흔들다가 이내 자신이 찾는 아이가 아니라는 것을 알아차린다. 이곳에 납치된 아이들이 얼마나 많은 걸까.

"도와주세요!"

나는 창문을 두드리며 소리를 지른다.

군인이 총으로 여자를 찌른다.

"엄마!"

아래층 복도에서 여자아이가 우는 소리가 들린다.

하지만 여자는 듣지 못한다. 군인이 총으로 여자의 얼굴을 때린다. 여자는 무릎을 꿇고 쓰러진다.

내 방 문이 열린다. 흰 옷을 입은 간호사가 들어와서 창문에서 떨어지라고 명령한다. 나는 창문에 달라붙어 소리를 지른다.

"살려 주세요!"

간호사가 다가와 두 팔로 허리를 감는다. 나는 발버둥을 친다. 그때, 어깨에 따가운 바늘이 꽂힌다. 힘이 빠진다. 더 이상 창틀을 붙잡을 힘이 없다. 나는 간호사의 팔에 축 늘어져 버린다.

도서관에서 빌린 책이 손에서 미끄러져서 발등에 떨어졌다. 나는 눈을 비비고 주위를 둘러보았다. 이곳은 이반 아저씨가 브랜트퍼드에 만들어 준 라일락 빛깔의 내 방이었다. 밖은 어둡지만 방 안에 램프가 환히 켜져 있었다. 창문에 창살도 없고 문은 열려 있다. 이곳은 안전하다. 심장이 터질 것만 같았다.

나는 혼자 있고 싶지 않아서 계단을 내려갔다. 아줌마와 아저씨는 부엌에 없었다. 나는 침실에 얼굴을 살짝 내밀었다. 아저씨는 코를 골고, 아줌마도 깊은 잠에 빠져들었다. 나는 거실 바닥에 앉아서 창문을 바라보았다.

기억이 짧게 스쳤다. 나는 갇혀 있던 건물을 좀 더 기억하려고 눈을 감았다.

화려하고 커다란 건물 입구에는 둥근 천장이 있고 하얀 계단이 길게 이어져 있다. 위로 향하는 양쪽 계단은 다시 이 층에서 만난다. 나는 이 층 방에 갇혀 있다. 다른 아이들도 각각 방에 갇혀 있다. 우리는 무슨 잘못을 해서 이런 벌을 받는 걸까. 대체 나에게 무슨 일이 일어난 걸까. 나는 어떻게 되는 걸까. 머릿속이 하얘진다.

따듯한 손이 내 어깨를 감쌌다. 기억에서 빠져나오는 데 꽤 시간이 걸렸다. 마루시아 아줌마가 내 옆에 무릎을 꿇고 있었다.

"나디아! 나디아! 괜찮니?"

"과거가 더 생각났어요."

"얘기하고 싶니?"

나는 잠시 동안 아무 말도 못 하고 마음을 가라앉혔다.

"저택에 갇힌 꿈을 꿨어요."

"전에 살던 독일 저택?"

"아니요. 다른 저택이었어요."

"몇 살이었어?"

"잘 모르겠어요. 키가 작아서 창문을 잘 내다보지 못했어요."

"그러면 독일 장교와 함께 살기 전의 기억이구나."

아줌마는 혼잣말을 하듯 중얼거렸다.

"독일 장교와 살기 전요? 그게 무슨 뜻이에요?"

아줌마가 어둠 속에서 눈물을 흘리고 있지만 티 내지 않으려고 참는 게 느껴졌다.

"내가 너는 독일인이 아니라고 말했잖니. 독일 장교 가족은 너의 진짜 가족이 아니야."

아빠와 엄마와 에바가 진짜 가족이 아니라면 그들은 누구인 걸까. 어쨌거나 그들이 내 진짜 가족이 아니라고 하니까 마음이 홀가분해졌다. 엄마는 나와 에바를 한 번도 공평하게 대한 적이 없었다. 하지만 그들이 진짜 가족이 아니라면 나는 어떻게 그곳에서 살았고, 내 진짜 가족은 누구인 걸까.

"그러면 저는 누구예요?"

아줌마가 고개를 흔들었다.

"나도 정확히 네가 누구인지 몰라. 우크라이나 인이라는 건 알아. 이건 사실이야."

"하지만 어떻게 확신해요?"

"네가 무의식중에 하는 사소한 행동들에서 알 수 있어."

"예를 들면요?"

"기도를 하고 나서 십자가를 긋는 방식이나 혼자 있을 때 부르는 자장가도 그렇고……."

"그 자장가는 나만의 비밀 노래라고 생각했어요."

"그래, 그렇게 생각하는 것 같았어. 그리고 무엇보다 넌 독일 장교 가족과 닮지 않았어."

나는 고개를 끄덕였다.

"네가 독일어를 말할 때 우크라이나 억양이 있어."

아줌마는 나를 보며 웃었다.

"제가요?"

"응. 아주 많이."

엄마는 늘 우울했고, 나에게 다정하지 않았다. 아빠는 거의 남 같았다. 항상 차갑고 엄격했다. 생각이 뒤엉켜 머리가 복잡했지만 독일인 가족이 내 진짜 가족이 아니라는 것이 다행스러웠다. 학교에서 남자아이들이 '히틀러 소녀'나 '나치 나디아'라고 부를 때마다 얼마나 수치스러웠던가. 전쟁이 끝나고 히틀러가 저지른 나쁜 일들을 알고 마음속으로 얼마나 부끄러웠는지 모른다. 하지만 아직도 커다란 의문

한 가지가 머릿속을 떠나지 않았다.

나는 누구일까.

나는 방으로 돌아가고 싶지 않았다. 혼자 남겨지는 게 너무나 두려웠다. 아저씨는 일하러 갈 시간이 얼마 남지 않았기 때문에 아줌마가 베개와 이불을 들고 나와 거실에 자리를 폈다. 나와 아줌마는 꼭 껴안고 함께 누웠다.

잠이 오지 않았다. 나는 신데렐라의 꿈에 대해서 생각했다. 잠에 들었을 때, 또 다른 엄마의 기억이 떠올랐다.

어둠 속에서 나는 엄마의 따뜻한 품속에 안겨 있었다. 나는 두 팔로 엄마의 허리를 안았다. 엄마의 숨결에서 희미한 라일락 향기가 났다. 엄마와 떨어지고 싶지 않았다. 엄마는 자장가를 불러 주었다. 엄마의 두 볼을 타고 눈물이 흘러내렸다.

크리스마스가 다가왔다. 거리에 하얀 눈이 쌓였다. 나는 린다네 집에 가는 것을 그만두었다. 우리는 여전히 좋은 친구이지만, 예이츠 성에 다녀온 뒤부터 조금 불편해졌다. 성당도 예전처럼 편안하지 않았다. 향냄새가 싫어졌다.

아줌마와 아저씨가 돌아오기 전, 나는 그네에 앉아서 눈을 감고 기억을 떠올리는 데 온 힘을 쏟았다. 종종 기억은 갑자기 찾아왔다. 기억의 조각들이 떠오르면 시간 순서대로 맞추는 일에 조금씩 재미를 붙였다. 멀리서 누군가 망치질하는 소리가 들렸다. 마치 대포 소리 같았다. 크고 부드러운 눈송이가 머리와 어깨에 쌓였다. 나는 눈을 감고 하늘을 향해 고개를 들었다. 눈송이 때문에 얼굴이 간지러웠다. 나는 기억을 떠올리는 데 집중했다.

"야!"

나는 깜짝 놀라 그네에서 떨어질 뻔했다.

"놀랐구나? 네 표정을 봤어야 하는 건데."

미하일로였다.

"하나도 재밌지 않은데."

나는 미하일로에게 쏘아붙였다. 심장이 두근거렸다.

"공원에 갈래?"

"너무 추워."

미하일로가 고개를 갸우뚱거렸다.

"추운데 왜 눈을 맞으면서 그네에 앉아 있어?"

"좋아, 공원에 가자."

공원에 가면 머리가 맑아질 것 같았다. 나는 아저씨와 아줌마에게 쪽지를 써서 아이스박스 위에 두었다.

우리는 공원에 도착했다. 하지만 미하일로는 걸음을 멈

추려고 하지 않았다. 학교 친구들이 썰매를 타고 있기 때문이었다.

"좀 더 걸어도 돼. 아니면 도서관으로 가자."

우리는 빅토리아 공원과 시장을 지나고 학교를 지나 도서관에 도착할 때까지 아무 말도 하지 않고 걸었다. 시장이 열리는 날이 아니어서 시장은 텅 비어 있었다. 나는 장난감과 향수, 크리스마스 선물들이 가득한 가게 유리문을 들여다보았다.

미하일로가 물었다.

"무슨 생각해?"

"아무것도 아니야."

"거짓말. 얼굴이 슬퍼 보여. 옛날 집 생각했어?"

나는 놀라서 미하일로를 쳐다보았다.

"무슨 뜻이야?"

"말 그대로야. 전에 살던 집이 생각났느냐고."

"기억이 뒤죽박죽이야. 하지만 생각을 많이 하긴 해."

미하일로에게도 비슷한 경험이 있을 것이다. 나처럼 전쟁을 겪었고 난민 캠프에서 살았으니까. 하지만 우리는 전쟁에 대해서 이야기한 적이 없었다. 내 생각에 미하일로에게 전쟁은 아주 고통스러운 기억이거나 아니면 나처럼 기억조차 할 수 없게 되어 버렸을지도 모른다.

"넌 전쟁을 기억해?"

"모든 것을 기억해. 가끔은 기억이 지워지기를 바라."

미하일로가 발로 돌멩이를 찼다.

"기억나는 걸 말해 줄 수 있어? 그러면 내가 기억하는 데 도움이 될 것 같아."

"화약과 피와 썩은 시체 냄새."

말만 들었을 뿐인데도 예전의 기억이 떠올라 저절로 코가 찡그려졌다.

"이곳에 살면서 가장 좋은 점은 냄새가 나지 않는다는 거야."

미하일로가 옳았다. 캐나다에서는 모든 것에서 뽀송뽀송 잘 마른 냄새가 났다.

우리는 더 이상 아무 말도 하지 않고 도서관으로 걸었다. 도서관에서는 가구, 비누, 책 냄새가 뒤섞여 났다. 나는 숨을 깊이 들이마셨다.

집으로 돌아오니 아줌마와 아저씨가 집에 있었다. 하지만 자꾸만 혼자라는 느낌이 들었다. 나는 눈을 맞으며 그네에 앉아서 미하일로를 괴롭히는 전쟁의 냄새에 대해 생각했다. 어렴풋이 떠오르기 시작한 기억도 집중해서 떠올렸다. 마루시아 아줌마와 독일 저택을 탈출하던 날을 생각했다. 처음에는 쉽게 생각이 났다. 하지만 난민 캠프에 가기 전까지 무슨 일이 있었는지 가물가물했다.

기차가 멈춘다. 우리는 다른 난민들과 함께 화물차에서 몸을 붙이고 있다. 비가 퍼붓지만 한 남자가 낡은 외투를 벗어 줘서 머리 위로 뒤집어쓴다.

지프 한 대가 멈추어 선다. 소련 군인들이 차에서 내린다. 총알이 날아다니고 비명이 들린다. 마루시아 아줌마는 내 손을 꼭 붙잡고 다른 난민들과 함께 도망친다. 우리는 죽어라 뛴다. 총소리가 울린다. 총알이 내 어깨 위를 스친다.

아줌마와 나는 달리고 또 달린다. 갈비뼈가 아팠지만 어둠이 완전히 세상을 덮을 때까지 계속 달린다. 마침내 사람이 없는 마을에 도착했지만, 소련군이 이미 마을을 점령했다. 피비린내와 화약 냄새가 코를 찌른다. 한때는 집이 있던 곳에 구멍만 뻥 뚫려 있다. 아줌마가 지하 창고 구멍으로 내려가서 나를 안아 내려 준다.

추위와 습기 때문에 몸이 떨린다. 한때는 고급스러웠던 분홍색 원피스는 지저분한 누더기가 되어 전혀 추위를 막아 주지 못한다. 낙엽을 쓸어다 덮었지만 소용없다. 지하 창고 바닥에서 얼마나 오랫동안 아줌마와 부둥켜안고 있었는지 모른다.

다음 날 아침, 아줌마가 비명을 지르는 소리에 놀라 잠을 깬다. 숨을 쉴 수가 없다. 나는 아줌마를 밀어내려고 하지만 움직이지 않는다. 쇠갈퀴가 보인다. 쇠갈퀴가 내 머리 바로 옆에 박힌다. 눈을 떠 보니 얼굴에 주름이 가득하고 허리가 굽은 노파가 서 있다. 노파가 쇠갈퀴를 빼내려고 손을 뻗는 순간 마루시아 아줌마가 재빨리 몸을 돌려 붙잡는다.

"제발 살려 주세요."

아줌마가 독일어로 애원한다.

노파가 깜짝 놀라 눈을 깜빡인다.

"여자와 어린아이구나. 소련군인 줄 알았어."

"소련군으로부터 도망치는 중이에요."

"독일인인가?"

"아니에요. 외국인 포로예요."

"왜 소련군과 함께 가지 않았어?"

노파가 소련군의 방향을 가리킨다.

"소련군은 나치만큼이나 나빠요."

우리는 노파가 내준 쇠갈퀴를 짚고 겨우 일어나 노파와 함께 지하 창고를 빠져나온다. 노파는 우리를 믿는지 뒤를 돌아보지 않는다. 밖으로 나오니 길을 따라 새까맣게 타 버린 집들이 보인다. 성당 말고는 모두 돌무더기뿐이다. 성당으로 들어가니 바닥에 불탄 나무와 유리 조각이 나뒹군다. 아직 남아 있는 벽 아래에 피투성이가 된 여자아이가 누워 있다. 처음에는 시체인 줄 알았는데 얼굴이 움찔거린다.

"내 손녀야. 겨우 살아남았지만 죽어 가고 있어. 내가 음식을 구해 올 때까지 이 아이를 좀 돌봐 줘."

우리는 며칠 동안 다친 아이를 지킨다. 마루시아 아줌마는 아이의 상처를 깨끗이 닦고 나뭇잎과 줄기로 소독약을 만들어 닦아 준다. 노파는 구해 온 음식을 우리에게 나누어 먹이고, 난민 캠프로 가는 길을 알려 준다.

그날 밤, 꿈속에서 화약 냄새와 피와 썩은 시체 냄새가 났다. 그리고 라일락 향기도 났다.

15장
사탕

"여러분, 모두 똑바로 앉으세요. 오늘 학교에 중요한 손님이 오실 텐데 모두 좋은 모습을 보여 드릴 수 있겠죠?"

아침 조회 시간에 페리스 선생님이 우리들에게 주의를 주었다.

나는 린다를 쳐다보았다. 린다가 한쪽 눈을 찡긋했다. 선생님이 칠판에 글씨를 쓰려고 돌아서자 린다가 내 책상 쪽으로 몸을 기울이고 속삭였다.

"장학사가 오나 봐."

나는 장학사가 무엇을 하는 사람인지 몰랐다. 많은 아이들이 바짝 긴장하고 선생님도 반쯤 잠긴 목소리로 수업을 하는 걸 보니 장학사가 대체 어떤 사람인지 궁금해졌다. 나는 쉬는 시간 종이 울리자마자 린다에게 장학사에 대해서 물어보았다.

"장학사가 해마다 두세 번 오는데, 선생님이 수업을 잘 못하면 징계를 준대."

"학생들은?"

"지각을 자주 하거나 무단결석을 몇 번 이상 한 학생은 장학사랑 면담해야 해. 그래서 장학사가 올 때마다 모두 두려워해."

나는 학기 첫날에 린다가 말리는데도 학교를 나가 버렸던 일이 생각났다.

"나도 허락을 안 받고 학교를 나가서 혼이 날까?"

린다는 가만히 생각을 했다.

"만약에 문제가 되었다면 벌써 불려 갔을 거야. 몇 달 전 일이잖아."

린다의 말을 들으니 조금 안심이 되었다. 하지만 할 수 있다면 장학사를 피하고 싶다는 생각이 들었다. 쉬는 시간이 끝나는 종이 울리자, 운동장에 있던 아이들이 교실로 향했다. 그때, 검은 택시가 학교 앞에 섰다. 창문으로 머리와 어깨가 보였다. 나는 팔꿈치로 린다를 쿡 찌르며 작은 목소리로 물었다.

"저 사람이 장학사야?"

린다는 아리송한 얼굴로 고개를 갸우뚱했다.

"여자 장학사는 본 적이 없는데……."

페리스 선생님이 복도로 나와서 평소보다 엄격하게 줄을 세웠다. 우리는 교실 안으로 질서 있게 들어가서 자리에 앉았다. 선생님이 자로 교탁을 내려치며 주의를 집중시켰다.

"서른 장학사님이 오셨단다. 교실에 들어오시면 박수를 두 번 칠 테니까 큰 소리로 인사하렴."

선생님의 얼굴이 많이 굳어 있었다.

문이 열리자, 회색 머리를 느슨하게 틀어 올리고 갈색 정장에 흰 블라우스를 입은 여자가 검은색 가방을 들고 무표정한 얼굴로 들어왔다. 택시에서 얼핏 봤을 때는 약간 긴장이 됐지만, 교실에서 장학사의 얼굴을 보니 두려움이 밀려왔다. 마음속 깊은 곳에서 장학사가 나를 해칠 것 같은 불길한 느낌이 솟아올랐다. 교실 밖으로 나가고 싶었지만 장학사가 교실 문 앞에 서 있어서 그럴 수도 없었다. 나는 떨지 않기 위해 책상 양 끝을 붙잡았다.

선생님도 나처럼 긴장한 것 같았다. 얼굴에 핏기가 없었다. 손뼉을 두 번 치는 것도 잊어버려서 우리 모두 한참 동안 자리에 서 있었다. 그중에서도 나는 마지막까지 서 있었다. 아이들은 애써 큰 목소리로 인사했다.

"안녕하세요, 서튼 장학사님!"

장학사는 바닥에 서류 가방을 내려놓고 허리에 손을 짚었다.

"그게 가장 크게 낸 목소리인가요?"

"안녕하세요, 서튼 장학사님!"

우리는 다시 입을 모아 소리를 지르듯 인사했다.

"여러분, 안녕하세요?"

장학사가 우리들에게 자리에 앉으라는 손짓을 했다.

"자, 페리스 선생님. 요즘 아이들에게 어떤 시를 가르치나요?"

장학사가 우리를 등지고 서서 선생님을 바라보았다.

"음, 서튼 장학사님, 요즘에는 시 암송을 연습하지 못했어요."

선생님은 동아줄이라도 붙잡듯 자를 양손으로 꼭 붙잡고 있었다.

"그러면 아이들이 어떤 노래를 부를 수 있나요?"

"'단풍나무여, 영원하라'를 부를 수 있습니다."

선생님의 표정이 살짝 밝아졌다.

"좋아요. 한번 들어 보죠."

선생님은 우리에게 일어나라고 한 뒤 노래를 시켰다. 그런대로 음정도 잘 맞고 화음도 잘 어우러졌다. 페리스 선생님은 기대에 찬 얼굴로 장학사를 보았다.

"잘하는군요."

장학사는 선생님 책상에 앉더니 주머니에서 테가 둥근 안경을 꺼내어 코끝에 걸쳤다. 그러고는 가방에서 검은색 공책을 꺼내 우리들을 한 명씩 불렀다. 우리는 이름이 불리면 한 명씩 일어서서 질문에 답을 하고 앉았다. 그때마다 장학사는 공책에 무언가를 적었다. 어려운 질문은 아니었지만 몹시 떨렸다. 나에게는 무슨 색을 가장 좋아하는지를 물었다. 라일락색이라고 답하자, 장학사가 미소를 지으며 새로 온 학생치고 영어 실력이 괜찮다고 칭찬해 주었다.

질문이 모두 끝나자, 장학사는 선생님의 의자를 밀어 넣고 문 쪽으로 걸어갔다. 휴, 무사히 끝났다는 생각에 숨통이 트였다. 다행히 학기 첫날 집으로 가 버린 일에 대해서 한마디도 하지 않았다. 린다의 말이 옳았다.

그런데 장학사가 무언가를 떠올린 것 같았다. 걸음을 멈칫하더니 눈썹을 살짝 찌푸리며 가방에서 공책을 꺼내 뒤적거렸다.

"새로 온 학생 이름이……, 나디아?"

장학사가 안경 너머로 나를 바라보았다. 나는 주춤거리

며 자리에서 일어났다.

"이쪽으로 와서 내 가방 좀 들어 줄래?"

장학사가 웃으며 말했다.

장학사한테 가까이 다가간다고 생각하니 떨려서 토할 것 같았다. 나는 숨을 깊게 내쉬고는 천천히 걸어 나갔다. 나프탈렌 냄새가 났다.

가방은 두 손으로 들어야 할 만큼 무거웠다. 장학사가 교실 밖으로 나가고, 나는 그 뒤를 따라 나갔다. 장학사는 1학년 교실 앞에서 걸음을 멈추고 뒤를 돌아보았다.

"고맙다. 하루 종일 가방을 들고 다니려니 무겁구나. 너에게 상을 줄게."

장학사가 주머니에서 셀로판종이에 싸여 있는 사탕을 꺼내 나에게 내밀었다. 나는 장학사의 손바닥 위에 놓인 사탕을 바라보았다. 그러다가 나도 모르게 어디로 가는지도 모른 채 복도를 달리기 시작했다. 오로지 도망쳐야 한다는 생각뿐이었다. 나는 현관문을 열고 계속해서 달렸다. 외투와 부츠를 교실에 두고 나와서 추웠지만 멈추지 않았다. 얼굴에 찬바람이 닿자 자유롭게 느껴졌다.

"나디아, 돌아와."

서튼 장학사가 뒤에서 소리쳤다.

나는 달리기를 멈추지 않고 고개만 돌려 뒤를 돌아보았다. 장학사는 충격을 받은 표정으로 현관에 서 있었다. 나를 잡으러 뛰어오지 않아서 다행이었다. 잠시 뒤, 다시 뒤를 돌아봤을 때 장학사의 모습은 보이지 않았다.

나도 내가 어디로 가고 있는지 몰랐다. 하지만 마음 깊은 곳에서 갈색 정장을 입은 여자로부터 도망쳐야 한다는 외침이 들려왔다. 나를 찾으러 온다면 가장 먼저 들를 곳이라는 생각 때문이었을까. 집으로 가고 싶지는 않았다.

발걸음이 도서관으로 향했다. 늘 다니는 길이어서 익숙했다. 차 소리가 나면 재빨리 눈 무더기 뒤로 숨었다. 도서관에 들어갔더니 아기를 유모차에 태운 엄마들이 이야기를 나누고 있었다. 다행히 엄마들은 나를 전혀 신경 쓰지 않았다. 나는 중앙 현관 쪽으로 올라갔다. 주위를 둘러보았지만 숨을 곳이 없다는 사실이 절망스러웠다. 계단을 올라가서 문을 살짝 열었다. 따뜻한 공기가 끼쳐 오자 얼굴이 붉게 달아올랐다. 나는 아무도 없는 것을 확인하고 안으로 들어갔다. 얼었던 몸이 풀리는 것 같았다. 하지만 누군가 올라오는 소리에 얼른 어린이 서가로 자리를 옮겼다.

그림책 서가 쪽에서 사서 선생님이 어린아이들에게 책을 읽어 주고 있었다. 소설책 서가에는 아무도 없었다. 나는 문에서 멀리 떨어진 구석에 두 팔로 다리를 감싸고 앉았다. 자장가를 작은 목소리로 불렀다. 몸이 떨렸다. 추위 때문이 아니라 기억 때문이었다. 갈색 정장을 입은 여자가 머릿속에서 지워지지 않았다. 기분 좋은 일을 떠올리려고 했지만 소용이 없었다. 말로 표현할 수 없을 만큼 두려웠다.

16장
검은 점

침대 발치에 두 팔로 무릎을 감싸고 앉았는데도 몸이 떨린다.
옷가지를 덮었지만 춥다. 이불이라고는 그 무엇과도 바꿀 수 없
을 만큼 낡은 모직 담요 한 장뿐이다. 할머니에게 담요를 둘러
주었지만 입술은 여전히 파랗다. 리다 언니가 이가 나간 수프
그릇을 들고 들어온다. 작은 뼛조각을 수십 번 우린 물에 감자
와 양배추를 아주 조금 넣은, 물처럼 묽은 초라한 수프다.

언니는 그릇을 침대 옆 탁자에 내려놓고 할머니의 머리와 어
깨를 베개에 받친다. 그러자 할머니가 겨우 눈을 뜬다. 할머니
는 나를 보고, 린다 언니를 바라본다.

"얘들아, 음식을 나에게 낭비하지 마라. 할미는 이제 갈 때가
되었구나."

리다 언니와 나는 할머니의 말이 사실이라는 걸 안다. 하지

만 할머니를 포기할 수 없다. 할머니는 우리에게 유일하게 남은 가족이다. 아빠는 다른 수많은 우크라이나 남자들처럼 봄에 소련군에게 잡혀갔다. 몇 주 뒤, 엄마도 나치에게 잡혀갔다. 노인과 어린이들에게는 배급 카드를 주지 않았다. 우리는 할머니가 모아 놓은 약간의 돈으로 가을을 났다. 하지만 지금은 추운 겨울이다. 추위를 피하기 위해 가구와 책 대부분을 땔감으로 썼다. 우리 가족이 아끼던 라일락 나무도 도끼로 베어 땔감으로 태워 버렸다.

리다 언니가 할머니에게 수프를 먹이려고 몸을 굽힌다. 하지만 할머니는 입을 벌리지 않는다. 리다 언니가 한숨을 내쉰다.

"할머니, 그럼 우리 같이 나눠 먹어요."

우리는 묽은 수프를 한 숟갈씩 먹고 옆으로 건넨다.

할머니가 다시 잠이 들자 우리는 거리로 나와 구걸을 한다. 둘 다 지쳐서 빵집 앞에 앉는다. 부모님이 살아 있을 때는 사라 언니네 가족과 아주 작은 것이라도 늘 나눠 먹었다. 하지만 사라 언니네 가족은 마을에서 가장 먼저 나치에게 죽임을 당했다. 독일어를 쓰는 빵집 여자가 빗자루를 들고 나와서 우리를 쫓아낸다.

우리는 성당 앞 계단에 앉아서 꼭 껴안고 체온을 나눈다. 엄마, 아빠와 함께 성당에서 미사를 드리던 때가 생각난다. 성당의 향냄새를 맡으면 마음이 편해지곤 했다. 하지만 이제는 더이상 사람들이 오지 않는다. 성당에는 우리처럼 배고픈 아이들만 가득하다. 우리는 빵 부스러기도 얻지 못한다.

그때, 예배당 밖으로 어린아이들이 줄을 선다. 줄이 늘어서 있을 때는 재빨리 서야 한다. 먹을 걸 나누어 줄지 모르니까. 줄 가까이 가자, 갈색 정장에 흰 블라우스를 입은 여자 두 명이 서 있다.

"수녀님인가 봐."

언니가 깜짝 놀라 나를 쳐다본다.

"수녀님들은 모두 나치가 죽였어."

까치발을 들고 앞을 보니, 한 여자가 검은색 가죽 공책에 무언가를 적는다. 다른 여자는 큰 가방에 손을 넣어 사탕을 꺼낸다. 사탕을 보자 배 속에서 난리가 난다. 썩은 빵과 묽은 수프 말고 무언가를 먹은 게 언제인지 기억도 나지 않는다. 소피아가 갈색 옷을 입은 여자한테 사탕을 받자 기뻐서 탄성을 지른다. 드디어 내 차례다. 리다 언니가 내 어깨를 붙잡고 뒤에 서 있다.

"사랑스러운 금발 머리 꼬마야."

갈색 옷을 입은 여자가 허리를 구부려 내 얼굴을 마주 본다.

"파란 눈도 참 예쁘구나."

나는 예의 바르게 미소를 짓는다. 독일인에게 구걸을 할 때 금발 머리가 도움이 될 때가 많다.

"얘들아, 너희 자매니?"

공책에 무언가를 적던 여자가 묻는다.

"네."

"집이 어디야?"

"저 집이에요."

나는 길 끝에 있는 흰색 집을 손가락으로 가리킨다.

"정말이니?"

이번에는 여자가 언니에게 묻는다.

"네."

여자가 가방에서 사탕 세 개를 꺼내 나에게 준다. 잔뜩 기대했던 언니가 실망한 얼굴로 고개를 숙인다. 그러자 여자가 사탕 세 개를 더 꺼내 언니의 얼굴 가까이 가져간다.

"너와 동생이 몇 살인지 말하면 이걸 줄게."

"라리사는 다섯 살이고, 저는 여덟 살이에요."

여자가 웃으며 사탕 세 개를 언니의 손에 쥐어 준다.

리다 언니는 내 손을 붙잡고 집으로 달린다. 얼굴에 웃음이 가득하다. 집에 도착했을 때, 할머니는 자고 있다. 언니와 나는 사탕을 한 개씩 탁자에 올려놓고, 몸을 기대고 앉아서 두 개씩 먹는다. 우리 셋은 큰 침대에 누워서 체온을 나누며 잠이 든다. 다른 날은 할머니가 우리를 안고 자장가를 불러 주지만 오늘은 할머니가 먼저 잠들었기 때문에 우리 둘이서 자장가를 부른다.

그때, 쾅 소리가 난다. 꿈인 것 같다. 하지만 할머니가 앙상한 팔로 우리를 안았을 때 꿈이 아니라는 걸 깨닫는다.

"문을 열지 마."

할머니가 속삭인다.

우리 셋은 어둠 속에 웅크리고 앉아서 문밖에 있는 사람이 누구든지 그냥 가기를 기도한다. 그러나 문 두드리는 소리가 계속 울린다. 문이 부서진다. 손전등 불빛이 거실을 더듬더니 이내 침실을 찾아낸다. 군인 두 명의 그림자가 비친다. 한 명은 손전등을, 다른 한 명은 총을 우리에게 들이댄다. 눈이 불빛에 익숙해지자 또 다른 사람이 보인다. 우리에게 사탕을 주었던 갈색 정장을 입은 여자다. 여자가 침대로 오더니 내 팔을 거칠게 움켜잡는다. 할머니가 나를 붙잡고 놔주지 않는다. 그러자 여자가 몸을 돌려 군인에게 말한다.

"끌고 가."

할머니가 죽을힘을 다해 나를 붙잡고 놓아주지 않는다. 하지만 군인을 이기지 못한다. 군인 한 명이 나를 들어 어깨에 둘러업는다. 다른 한 명은 언니를 어깨에 둘러업는다.

"할머니!"

우리는 소리쳐 할머니를 부른다.

할머니는 우리를 쫓아오지만 침대로 나가떨어진다. 이불이 찢어지고 할머니의 얼굴에 피가 흐른다. 우리에게 팔을 뻗는 할머니의 모습에 가슴이 찢어지는 것 같다. 탁자 위에 사탕 두 개가 그대로 놓여 있는 것이 보인다.

언니와 나는 트럭 뒤에 던져진다. 오줌 냄새가 난다. 다른 아이들이 울고 있다. 언니와 나는 어둠 속에서 서로를 찾아서 꼭 끌어안는다. 두렵고 절망스럽다.

누군가 내 어깨를 잡는 것이 느껴졌다. 그리고 귓가에 목소리가 들렸다.

"나디아, 괜찮니?"

사서 선생님이었다.

나는 눈을 두어 번 깜빡이고는 주위를 둘러보았다.

나는 지금 도서관 구석에 쪼그리고 앉아 있었다. 이곳은 브랜트퍼드다. 다행히 나는 안전하다. 기억 속에서 나와 닮았던 소녀는 바로 나의 언니 리다였다! 언니는 지금은 어디에 있을까. 그리고 나는 나디아가 아니다. 그레첸도 아니다. 내 이름은 라리사다!

"떨고 있구나. 외투는 어디에 있니?"

사서 선생님이 걱정스러운 목소리로 묻고는 따뜻한 담요를 덮어 주었다. 나는 선생님을 쳐다보았지만 아무 대답도 하지 못했다. 내 마음은 아직도 기억 속 어딘가를 헤매고 있었다.

"사무실로 가서 소파에 잠시 누워 있으렴."

사서 선생님이 나를 조심스럽게 감싸 안아 다른 방으로 데려갔다.

"부모님께……."

사서 선생님의 입이 계속해서 움직이는데 무슨 말인지 잘 들리지 않았다. 나는 다시 기억 속을 헤매고 있었다.

새하얀 방에 불이 밝게 켜져 있다. 병원일까. 하지만 아이들은 모두 겁에 질려 있을 뿐 아픈 아이는 없다. 내 차례가 되자 간호사가 속옷만 남긴 채 모두 벗긴다. 부끄러워서 얼굴이 빨개진다. 간호사가 금속 기구를 얼굴에 갖다 대려고 한다. 나는 겁이 나서 소리를 지른다.

"쉿, 이건 캘리퍼스(두께, 길이, 지름 따위를 재는 기구-옮긴이)야. 잠깐 검사하는 거니까 겁낼 거 없어."

하지만 두렵다. 간호사가 머리 둘레를 재고 기록하는 동안 다른 여자가 카메라로 내 앞모습, 옆모습, 뒷모습을 찍는다. 코의 길이는 세 번이나 나누어 잰다. 이 사람들은 도대체 무엇을 하는 걸까.

"뒤로 돌아."

차가운 금속 기구가 머리 옆면에 닿는다. 간호사가 공책에 숫자를 적는다. 팔다리와 허리도 잰다. 나는 꼼짝도 못 한 채 두려움에 얼어 있다. 모든 측정이 끝나고 간호사가 내 왼손을 들어 올리더니 손목 안쪽에 검은 바늘을 찌른다. 두려움이 몰려온다. 독약일까. 손목을 가까이 들여다보니 조그만 검은 점이 찍혀 있다.

간호사가 이번에는 내 머리를 붙잡고 바늘을 찌른다.

"넌 레벤스보른(아리아 인을 닮은 아이들을 뽑는 나치의 인종 실험-옮긴이)이야."

레벤스보른이 뭘까. 나는 사라지는 아이들에 대해 알고 있다. 거리에서 구걸을 하던 아이들이 하나둘 사라지기 시작했다. 그 아이들도 레벤스보른이 된 걸까.

리다 언니는 다음 차례다. 언니도 캘리퍼스로 머리, 팔다리, 허리 모든 곳을 검사받고 사진을 찍는다. 하지만 검은 점을 찍지는 않는다. 모두 검사를 마치고 나자, 간호사가 우리들을 두 무리로 나눈다. 검은 점이 찍힌 아이들과 찍히지 않은 아이들.

나는 점이 찍힌 쪽이고, 언니는 아닌 쪽이다. 간호사가 언니가 있는 무리를 문밖으로 내보낸다.

"언니! 언니랑 같이 갈래!"

"너는 운이 좋은 아이야."

간호사가 차갑게 말한다.

"언니!"

리다 언니가 나를 뒤돌아본다. 언니의 눈에 절망이 가득하다. 언니가 문밖으로 떠밀려 간다. 언니를 쫓아가려고 하지만 간호사가 나를 꽉 붙잡는다.

며칠이 지났는지 모른다. 우리는 한 명, 한 명 히틀러 총통에게 인사를 하고 아주 조금씩 음식을 받는다. 음식을 받자마자 허겁지겁 먹다가 할머니와 언니 생각에 목이 멘다. 음식을 나 혼자만 먹는다는 생각에 메슥거린다. 옆에 있는 아이에게 우크라이나 어로 말을 걸자, 간호사가 내 뺨을 때린다.

"너는 독일인이야. 독일어로 말해."

다음 날, 나는 또 우크라이나 어로 말을 하다가 나무 계단으로 끌려가 발에 차인다. 그리고 더러운 바닥에 던져진다. 안은 어둡고 쥐의 눈동자가 빛나는 것이 보인다. 나는 추워서 몸을 잔뜩 웅크린다. 간호사가 문을 열자, 바깥에서 들어오는 빛 때문에 눈이 머는 것 같다.

나는 다른 아이들과 함께 교육을 받는다. 얼굴에 표정이 없는 여자가 우리에게 말한다.

"우크라이나 인과 폴란드 인은 열등한 인간이다. 목숨이 허락된 우크라이나 인과 폴란드 인은 아리아 인을 위해 노예로 살아야 한다. 너희는 아리아 인이다. 너희가 부모라고 불렀던 사람들은 모두 도둑이다. 우리 아리아 인들로부터 너희를 훔쳐 갔기 때문에 우리가 다시 찾아온 것이다."

나는 여자가 거짓말을 하고 있다는 걸 안다.

"유태인은 모두 쥐다. 살 가치가 없다."

사라 언니네 가족이 생각난다. 언니네 가족은 유태인이어서 나치한테 죽었다. 사라 언니의 엄마는 늘 사람들과 빵을 나누어 먹었고, 사라 언니의 아빠는 다른 사람의 마음을 아프게 한 적이 없다.

"아니에요!"

나도 모르게 울음이 터진다. 급히 입을 막았지만 이미 늦었다. 다른 아이들이 눈을 크게 뜨고 나를 바라본다.

군인이 나를 어깨에 둘러업더니 흰 계단을 올라 저택으로 데려간다. 나는 군인의 등을 때리고 소리치며 할머니를 부른다. 군인이 아무것도 없는 흰 방에 나를 가둔다. 물도 음식도 주지 않는다. 문을 두드려도 아무도 오지 않는다. 다음 날, 독일어로 울며 소리치자 누군가 물을 가져다준다.

　누군가 내 어깨에 담요를 덮어 주었다. 라벤더 향이 희미하게 풍겼다. 나는 담요 안에서 몸을 바싹 웅크렸다. 따듯했다. 기억이 물밀 듯이 밀려와서 정신을 차릴 수가 없었다. 주위를 둘러보았다. 나는 소파에 누워 있었다. 사서 선생님은 내 앞에 앉아서 컵을 붙잡고 있었다. 그제야 장학사가 생각났다.

　"저를 학교에 돌려보내지 말아 주세요."

　"그래. 나와 함께 있으니까 괜찮아. 아빠 공장에 전화를 했어."

　선생님이 나에게 물을 주었다. 입속에 톱밥이 가득 찬 것 같았다. 나는 물을 한 모금 마시고 눈을 감았다.

17장
희망의 이름

그레첸 힘멜.

드디어 생각이 났다. 나는 그레첸 힘멜로 살아갈 것을 강요받았다. 처음에는 내가 독일인이라고 믿는 척만 했다. 하지만 점점 현실과 뒤죽박죽 뒤섞였다. 벌을 받지 않으려고 독일어로 말하기 시작했는데 어느새 독일어로 생각하기 시작했다. 다른 아이들과 함께 행진을 하고 히틀러를 찬양하는 시와 노래를 배웠다. 선생님은 우리가 세상을 지배하기 위해 태어났다고 했다. 나는 선택받은 아이로 태어난 것이 자랑스러웠다.

라리사는 죽었고, 그레첸이 새로 태어났다.

그레첸은 내가 할머니라고 부르던 사람이 진짜 할머니가 아니라는 걸 깨닫는다. 그 여자는 독일 농부였던 내 진짜 부모로부터 나를 훔쳤다. 나를 딸이라고 부르던 남자는 강도였다. 내가 엄마라고 부르던 여자는 스파이였다. 내가 언니라고 부르던 소녀는 언니가 아니다. 그들은 모두 죄를 지어서 벌을 받은 것이다. 유태인들은 모두 쥐다. 죽어 마땅하다.

나는 출생 신고서에 '그레첸 힘멜'이라고 씌어 있는 걸 보고 마음을 놓는다. 얼른 집에 돌아가 진짜 부모님을 만나기를 손꼽아 기다린다.

나는 샤워를 하고 빳빳한 흰 블라우스에 파란색 원피스를 입고 약간 작은 신발을 신는다. 금발 머리는 잘 빗어서 땋아 내린다. 검은색 자동차를 타고 반짝반짝 광이 나는 가죽 시트 냄새를 맡는다. 얼마 뒤, 자동차가 저택 앞에 멈춰 선다. 집 주위에는 아주 넓은 들판이 펼쳐져 있고 일꾼들이 일을 하고 있다. 회색 군복을 입은 운전사가 미소를 지으며 뒷문을 열어 준다.

"집에 돌아오게 되어 다행이구나, 그레첸."

나는 차에서 내려 공기를 들이마신다. 옅은 분홍색 원피스를 입은 금발 머리 소녀가 문을 열고 나에게 달려온다. 눈빛이 우울해 보이는 금발 머리 여자가 뒤따라 나온다.

"드디어 언니가 돌아왔어!"

작은 여자아이가 말한다.

내가 뭐라고 말하기도 전에 소녀는 두 팔로 내 허리를 감싸 안는다. 웃는 것 같기도 하고 우는 것 같기도 하다.

"언니, 집에 돌아와서 기뻐. 난 에바야."

동생 에바가 독일어로 말한다.

이곳이 우리 집이었나? 기억이 나지 않는다. 이곳에는 기억 속에 없는 것투성이다. 어쨌든 사람들이 우리 집이라고 말하는 안전한 곳에 도착해서 마음이 놓인다.

에바는 내 팔을 잡아당겨 집 안으로 이끈다. 금발 머리 여자 가 몇 발자국 뒤를 따른다. 나에게 인사를 하지 않았지만 에바 는 금발 머리 여자가 엄마라고 알려 준다. 곁눈질로 살펴보니 엄마가 볼에 흐르는 눈물을 닦고 있다.

현관문이 열리자 소독약 냄새가 나는 넓은 복도가 나온다. 심장이 두근거린다. 에바가 내 손을 꽉 잡아 준다.

에바가 복도 뒤에 있는 방으로 나를 끌고 간다. 벽 두 면에는 바닥에서 천장까지 책으로 가득한 책장이 있다. 대부분 독일어 책이다. 책을 읽고 싶다. 벽난로 위에는 우리의 지도자이자 구 세주인, 히틀러 총통의 초상화가 걸려 있다. 벽난로 위 선반의 액자 속에는 군복을 입은 젊은 남자가 슬픈 표정으로 서 있다.

"우리 오빠야."

에바가 말한다.

"잘생겼어."

엄마가 우리 뒤에 서서 사진을 본다. 코를 훌쩍이는 소리가 들린다.

"그래, 너의 오빠는 잘생기고 용감한 청년이었어. 조국을 위해 싸우다가 죽었단다."

엄마가 방을 떠나고 에바와 나만 남는다.

"오빠가 죽어서 엄마가 아주 슬퍼해. 하지만 이제 언니가 와서 기쁠 거야."

나는 오빠가 기억나지 않는다. 그리고 오빠는 죽었다. 괜히 미안한 마음이 든다.

"오빠가 죽어서 나도 슬퍼."

"아빠가 곧 도착하실 거야."

사서 선생님이 말했다.

나는 천천히 주위를 둘러보았다. 그리고 손에 들린 물을 한 모금 마셨다. 사서 선생님이 흘러내린 머리카락을 이마 뒤로 넘겨 주었다. 부드러운 손길이 닿자, 울음이 터질 것만 같았다.

이곳은 음식이 넉넉하다. 사과, 버섯, 국수, 소스, 고기 들이 늘 식탁에 놓여 있다. 하지만 음식을 입에 넣으면 석탄 덩어리를 씹는 것처럼 느껴진다. 엄마가 나를 위해 설탕 장식을 한 초콜릿 케이크를 만든다. 그리고 사람 모양 비스킷에 얼굴을 그려 준다. 하지만 에바가 쿠키를 모두 먹어 버린다. 나는 토할 것 같지만 음식을 삼키려고 애를 쓴다. 엄마의 눈에 가득한 슬픔을 덜어 주고 싶다.

내 방에는 네 개의 기둥이 있는 커다란 침대가 있다. 하지만 잠을 잘 수가 없다. 우리 집에는 군인들이 놀러 와 동이 틀 때까지 이야기를 하는 날이 많다. 컵이 부딪치는 소리와 웃음소리가 들린다. 이런 모임이 아니고는 아빠를 거의 볼 수 없다. 에바와 나는 가장 예쁜 옷을 입고 아래층으로 내려가서 군인들에게 인사를 한다. 아빠는 우리를 '조국의 꽃 두 송이'라고 소개한다. 아빠가 내 방으로 돌아가도 좋다고 하면 침대에 누워 아무 뜻도 없는 노래를 부른다. 하지만 쉽사리 잠이 오지 않는다.

봄에 OST 배지를 단 여자 노예가 트럭을 타고 농장에 도착한다. 고약한 냄새가 나서 마음에 들지 않는다. 하지만 얼마 뒤, 여자는 OST 배지를 달지 않고 몸도 깨끗해졌다. 엄마는 우리에게 여자를 '요리사 아줌마'라고 부르라고 한다. 에바와 나는 밖에서 함께 뛰어논다. 라일락을 주워서 엄마에게 가져다준다. 엄마는 꽃병에 라일락을 꽂아 부엌 식탁 한가운데 놓는다. 요리사 아줌마가 꽃을 좋아할 거라고 말하면서. 엄마는 다이닝 룸 식탁에 놓인 화려한 꽃을 더 좋아하는 것 같다.

우리는 노예들이 일할 때는 들판에 나갈 수 없다. 노예 한 명이 집으로 들어오는 것이 보인다. 요리사 아줌마가 노예의 상처에 붕대를 감아 준다. 엄마와 에바는 보지 못한다. 엄마에게 일러야 할까. 하지만 나는 그러지 않기로 한다. 이유는 나도 모른다.

엄마는 볼일을 볼 때 에바만 데리고 나가고 나는 집에 남겨 둔다. 혼자 남겨지면 나는 서재 문을 열고 종이 냄새를 맡는다. 책 냄새를 맡으면 마음이 아프다. 그래도 행복해진다. 책상 위에 기어 올라가서 제목이 금색 글씨로 새겨진 책을 꺼낸다. 그러다가 옆에 꽂혀 있던 책이 떨어져서 종이가 구겨진다.

발걸음 소리가 들리자 가슴이 방망이질을 친다. 다행히 요리사 아줌마다. 요리사 아줌마가 책을 집어 제자리에 꽂아 준다. 내가 들고 있는 책도 받아서 책꽂이에 꽂는다. 그러고는 책장을 살펴서 책 한 권을 꺼내 나에게 준다.

"식구들이 집에 올 때까지 이 이야기책을 읽어요."

제목은 독일어가 아니다.

"〈포펠류쉬카〉다!"

나도 모르게 우크라이나 어로 외친다. 요리사 아줌마가 미소를 짓는다.

나는 라일락 나무 아래에 앉아서 뜻도 없는 노래를 흥얼거린다. 요리사 아줌마가 나에게 다가온다. 손이 벌겋게 부르트고 눈이 피곤하고 슬퍼 보인다. 짐승처럼 보잘것없는 노예지만 안쓰럽게 느껴진다. 나는 독일어로 말을 건넨다.

"내가 노래 불러 줄까요?"

요리사 아줌마가 고개를 끄덕인다.

나는 다시 나만의 엉터리 노래를 부른다. 요리사 아줌마가 눈물을 흘린다. 그리고 울먹이는 소리로 함께 부른다. 노래가 끝날 때까지.

의미 없는 엉터리 노래를 어떻게 알았을까.

"나만 아는 자장가를 알고 있네요."

요리사 아줌마가 나를 안으려고 하자 밀쳐 버린다. 엄마가 노예들 가까이 가지 말라고 했기 때문이다.

요리사 아줌마가 눈물을 삼키고는 독일어로 또박또박 말한다.

"이곳은 너의 집이 아니야."

나는 너무 놀라서 할 말을 잃는다. 그리고 따듯한 목소리로 말한다.

"내가 너를 지켜 줄게."

전화벨 소리에 놀라 주위를 둘러보았다. 도서관 소파에 누워 있는데도 과거가 너무 생생했다. 사서 선생님이 누군가와 전화하는 소리가 들렸다. 하지만 목소리가 점점 희미해졌다.

엄마와 에바가 돌아온다. 나는 요리사 아줌마가 나에게 한 말을 일러바치고 싶다. 노예 주제에 그런 말을 하다니 벌을 줘야 한다. 하지만 나는 말하지 않는다. 이유는 나도 모른다. 다음 날, 엄마가 에바를 데리고 나가자 요리사 아줌마가 함께 밥을 먹자며 나를 주방에 초대한다. 묽은 수프와 검은 빵. 노예들의 식사가 놓여 있다. 나는 수프를 한 숟가락 먹고 그만 울음을 터트린다. 어떤 기억을 떠올리려고 하지만 이미 깨끗하게 지워지고 없다.

엄마가 돌아오면 가족 모두 집회에 참석하기로 했다. 엄마는 외출에서 돌아올 동안 나에게 준비하고 있으라고 했다. 요리사 아줌마가 머리를 땋아 준다. 나는 분홍색 원피스를 입고 기다리지만 엄마가 오지 않는다. 아빠도 오지 않는다. 나는 계속해서 기다린다. 집 안을 이리저리 둘러본다. 서랍이 열려 있고 물건들이 바닥에 흩어져 있다. 땅이 흔들린다.

"소련군이 오고 있어. 지금 당장 도망쳐야 해."

요리사 아줌마가 다급히 속삭인다.

나는 가고 싶지 않다. 이곳은 우리 집이다. 내가 좋아하는 서재와 라일락 나무가 있다. 엄마가 집에 돌아올 때까지 기다리라고 했다. 요리사 아줌마는 나를 안고 문밖으로 향한다. 나는 소리를 지르며 요리사 아줌마의 머리를 잡아당긴다. 아줌마가 나를 바닥에 떨어트린다. 등이 아프다.

"살고 싶으면 나를 따라와."

그러고는 혼자서 나가 버린다.

나는 기다려 달라고 소리치면서 따라나선다. 들판을 뛰어가는데 노예들이 한 명도 보이지 않는다. 아줌마에게 노예들이 없다고 말했더니 얼굴이 화가 나서 일그러진다.

"노예라고? 우리는 노예가 아니야. 우크라이나 인이야. 너처럼 말이야."

나는 그 말을 믿지 않는다. 요리사 아줌마가 자신의 이름은 '마루시아'라고 알려 준다.

소련군이 독일군에게 붙잡혀 온 포로들을 잡아내기 위해 들판을 이 잡듯이 뒤진다. 우리는 덤불 뒤에 숨는다. 소련군에게 붙잡히면 독일군에게 붙잡혔던 죄까지 처벌받을 것이다. 우리는 도망쳐 지뢰가 묻힌 숲과 시골길을 걷는다. 폭탄이 떨어져 마을이 불탄다. 더 이상은 살아남을 수 없을 것이다.

하지만 우리는 기적처럼 살아남았다.

"지금부터 네 이름은 나디아야. 누구한테도 절대 그레첸이라고 말해서는 안 돼."

"그런데 왜 나디아예요?"

"희망을 의미하는 이름이야. 내 여동생의 이름이기도 해. 내 동생도 너처럼 나치에게 납치당했어."

18장
사랑하는 나의 언니

"나디아! 나디아! 이제 걱정 마."

사과 냄새와 비누 냄새가 났다. 마루시아 아줌마다. 나는 눈을 떴다. 마루시아 아줌마가 작업복을 입고 서 있었다. 나는 눈을 깜빡이며 주위를 둘러보았다. 나는 여전히 도서관 소파에 담요를 덮고 누워 있었다. 갑자기 참을 수 없을 만큼 슬프고 추웠다. 몸이 떨렸다.

마루시아 아줌마가 나를 안아 주었다. 이반 아저씨는 쪼그리고 앉아 나를 쳐다보았다. 얼굴에 걱정이 가득했다. 이곳에는 나와 아줌마와 아저씨뿐이었다.

학교에서 두 번이나 도망치다니, 내가 얼마나 큰 잘못을 저지른 걸까.

아저씨가 내 마음을 읽기라도 한 듯 말했다.

"걱정 마. 장학사에게 네가 아프다고 말했어."

목이 잠겨 말이 나오지 않았다. 안도감과 죄책감이 함께 밀려왔다. 이곳에 얼마나 있었던 걸까.

"지금 몇 시예요?"

"여섯 시가 넘었어. 네가 몇 시간 동안 잠을 잤단다."

우리는 늘 돈이 부족한데, 아저씨와 아줌마가 나 때문에 일을 못 하고 말았다. 너무 미안해서 눈물이 흘렀다.

"정말 죄송해요. 이렇게 문제를 크게 만들려고 한 게 아닌데……."

"나디아, 너는 문제를 일으키지 않았어."

아저씨가 나를 다독였다.

마루시아 아줌마는 아무 말도 하지 않고 흐느껴 울었다. 나 때문에 울고 있는 것만은 아닌 것 같았다. 아줌마도 전쟁에서 또 다른 나디아를 잃었던 것이다. 내가 가족을 잃은 것처럼. 아줌마는 나를 꽉 안았다. 나도 아줌마를 꽉 안았다. 아저씨는 우리 두 사람을 끌어안았다. 우리 셋은 함께 울었다.

얼마나 울었는지 모르겠다. 어느 순간, 우리가 아직 도서관에 있다는 것을 깨달았다.

"집에 갈까요?"

일어서려고 하자 다리에 힘이 없었다. 아줌마도 비틀거렸다.

"우리 집 숙녀 분들, 이제 집에 갈까요?"

아저씨가 나에게 학교에서 챙겨 온 외투를 입혀 주었다. 아저씨는 한 팔로는 내 허리를, 다른 팔로는 아줌마의 허리를 감싼 채 우리를 부축했다.

집에 도착하자 아줌마가 수프를 데우고 호밀빵을 잘라 주었다. 전에는 수프를 먹으면 악몽을 꾸었다. 하지만 이제는 할머니와 언니와 나누어 먹던 수프가 떠올랐다. 슬프지만 소중한 기억이기도 했다. 할머니와 언니가 너무나 그리웠다.

부모님이 사라진 이유는 잘 기억이 나지 않았다. 아마 너무 어렸기 때문일 것이다. 하지만 이제는 그냥 사라진 것이 아니라, 아빠는 소련군에게 엄마는 나치에게 죽임을 당했다는 걸 알았다. 이가 덜덜 떨렸다. 추위 때문이 아니라 잃어버린 소중한 가족에 대한 슬픔 때문이었다.

나는 두 팔로 무릎을 감싸고 의자에 앉았다. 그리고 부모님이 마지막으로 나를 안아 주던 기억을 떠올렸다. 고통스러운 기억들이지만 나는 느낄 수 있었다. 엄마와 아빠가 나를 얼마나 사랑했는지를. 아빠는 따뜻한 미소를 지으며 나를 안아 침대로 옮겨 주었다. 엄마는 나지막한 목소리로 자장가를 불러 주었다. 할머니는 항상 씩씩했다. 언니와 나를 끝까지 지키려다 돌아가셨다.

리다 언니……. 꿈속에서 내 손을 잡으려고 했던 갈색 머리 소녀, 폭탄 공장에서 눈이 마주쳤던 OST 배지를 단 소녀가 바로 리다 언니였다. 이제는 확실히 기억이 났다.

"우리에게 기억을 말할 준비가 되었니?"

마루시아 아줌마가 내 팔을 부드럽게 쓰다듬어 주었다.

나는 고개를 끄덕였다. 이제 나는 떠오른 기억들을 모두 말할 준비가 되었다. 모든 걸 털어놓고 나면 마음이 한결 편안해질 것이다.

처음에는 기억이 뒤섞여 나왔지만 점점 제자리를 찾아 갔다. 내가 그레첸이었던 시간, 그리고 그 이전의 시간들을 맞춰 나갔다. 독일인 아빠와 엄마가 나의 진짜 부모가 아니라는 걸 알고 나자 어깨를 짓누르던 짐이 가벼워졌다. 특히 독일 장교였던 아빠가 진짜 아빠가 아니라는 걸 기억하고 나서는 목구멍에 걸린 가시가 빠진 느낌이었다. 에바에게는 미안한 마음이 들었다. 내 동생은 아니지만 외로운 아이였는데……. 지금은 어디에 있을까. 살아 있을까. 나를 기억하고 있을까.

내가 되찾은 기억들을 얘기하는 동안 아줌마는 고개를 끄덕이며 들었다. 우리가 농장 저택에서 만난 이후부터는 아줌마도 나의 이야기를 알았다. 아저씨는 이야기를 들으며 정신이 멍해진 것 같았다.

"나는 네 진짜 이름이 무엇인지 항상 궁금했어. 라리사……, 아주 예쁜 이름이구나. 그리고 리다라는 언니가 있었구나."

"네."

사랑하는 나의 언니 리다……. 다시 눈물이 터져 나왔다.

"언니가 살아 있을까요?"

"네가 생각해 낸 기억들을 가지고 언니를 찾아보자꾸나."

아줌마가 말했다.

"그래, 적십자에 편지를 써 보자. 우리에게는 늘 희망이 있단다."

아저씨가 따뜻한 눈빛으로 우리를 바라보았다.

내가 처음으로 레벤스보른 프로그램에 대해 들은 것은
시어머니한테서였다. 나치는 어머니가 살던 졸로치우를 두
번이나 쳐들어와서 집을 빼앗았다. 어머니의 가족은 자신
들의 집에서 나치의 포로가 되었다. 어느 날, 어머니의 가족
은 나치 장교가 어머니가 다니던 학교에서 무슨 일을 꾸미
고 있다는 걸 눈치챘다. 그래서 학교에 가지 않았다. 다시
학교에 돌아갔을 때, 어머니는 이상한 것을 발견했다. 금발
머리에 눈이 파란 아이들이 모두 사라지고 없었다. 나중에
야 나치가 레벤스보른 프로그램 때문에 아이들을 납치해
갔다는 걸 알게 되었다. 나는 어머니에게 레벤스보른 프로
그램이 무엇인지 물었다.

제2차 세계대전 당시, 나치는 6백만 명의 유태인을 학살했다. 이를 '홀로코스트'라고 하며 기록으로 자세히 남아 있다. 하지만 나치가 다른 민족에게 저지른 끔찍한 일들에 대해서는 많은 사람들이 알지 못한다.

나치는 아리아 인은 지배자 민족이며 세상을 통치해야 한다고 주장했다. 그리고 중앙유럽의 게르만 족이 아리아 인의 후손이라고 믿었다. 다른 민족은 아리아 인의 피가 얼마나 섞였느냐에 따라 순위를 정하였다. 나치는 북유럽과 영국, 북해 연안의 국가들, 프랑스 국민 대부분은 아리아 인이라고 인정하였다. 나머지 민족, 특히 남부 유럽은 아리아 인의 혈통이 아니라고 판단하였지만 이웃 국가로 받아들였다. 맨 아래에는 유태인과 유랑민족인 집시를 두었다. 나치의 최종 목적은 전 세계의 유태인과 집시를 모두 없애는 것이었다.

히틀러는 지배자 민족인 아리아 인의 숫자가 늘어나기를 원했다. 하지만 독일 여성들이 아기를 낳아 기르기를 기다리기에는 너무 오랜 시간이 걸렸다. 그래서 1936년에 히틀러의 비밀경찰(게슈타포)과 SS(나치 친위대)는 '생명의 샘'이라는 뜻의 레벤스보른 프로그램을 만들어 어린이 아리아 인의 숫자를 늘렸다.

처음에는 나치가 점령한 유럽 지역에서 아리아 인 아기들을 낳는 데 집중했다. 이후 1940년부터 1942년까지는 금발 머리에 눈이 파란 폴란드와 우크라이나 아이들을 아리아 인으로 만들었다.

아이들을 모으는 데는 두 가지 방법이 있었다. 첫째는 마을에서 특정한 나이의 아이들을 모두 잡아다가 죽일지, 노예로 보낼지, 나치 가족에게 입양 보낼지를 결정했다. 둘째는 특수 훈련을 받은 비밀 여경 브라운 시스터즈가 마을에 가서 아리아 인의 외모에 맞는 아이들을 직접 골랐다. 아리아 인을 닮은 아이들에게 사탕을 주면서 이런저런 질문을 한 뒤 한밤중에 쳐들어가서 아이들을 납치했다. 납치된 아이들은 신체를 62군데로 나누어 인종적으로 우월한지 검사를 받아야 했다. 사소한 결함이라도 발견되면 독일인 집에 입양을 가지 못하고 강제 수용소로 보내져 일을 해야 했다.

마지막 인종 테스트까지 통과한 아이들은 자신들이 독일인이라는 세뇌 교육을 받았다. 아이들에게 부모가 죽었다고 거짓말을 하거나, 부모를 스파이나 도둑으로 몰기도 했다. 8세 미만의 어린아이들은 새로운 독일인 가족에게 보내졌다. 나이가 좀 더 많은 아이들은 나치스 청소년단에 들어가서 교육을 받았다.

전쟁에서 패한 뒤, 나치는 레벤스보른 아이들에 대한 기록을 모두 없애려고 했다. 때문에 얼마나 많은 아이들이 납치되었는지 정확하게 알기는 어렵지만, 폴란드와 우크라이나에서만 대략 25만 명 정도가 될 것으로 추정된다.

나치의 레벤스보른 프로그램은 대단히 성공적이고 혹독했다. 전쟁 이후 많은 아이들이 진짜 부모가 살아 있는데도 독일인 부모를 떠나 되돌아가기를 거부했을 정도로.

마샤 포르추크 스크리푸치

바람청소년문고 6

소녀, 히틀러에게 이름을 빼앗기다 학교도서관저널 올해의책, 국립어린이청소년도서관 청소년추천도서, 으뜸책 선정

펴낸날 초판 1쇄 2016년 1월 28일 | 초판 6쇄 2021년 9월 28일
글쓴이 마샤 포르추크 스크리푸치 | **옮긴이** 백현주
편집 곽미영 | **디자인** 디자인포름 | **홍보** 송수현 | **영업** 성진숙 | **관리** 최지은
펴낸이 최진 | **펴낸곳** 천개의바람 | **등록** 제406-2011-000013호
주소 서울시 영등포구 양평로 157, 1406호
전화 02-6953-5243(영업), 070-4837-0995(편집) | **팩스** 031-622-9413
ISBN 978-89-97984-89-3 43840

· 저작권법에 의해 한국 내에서 보호를 받는 저작물이므로 무단전재와 무단복제를 금합니다.

· 이 도서의 국립중앙도서관 출판시도서목록(CIP)은 서지정보유통지원시스템 홈페이지(http://seoji.nl.go.kr)와
 국가자료공동목록시스템(http://www.nl.go.kr/kolisnet)에서 이용하실 수 있습니다.(CIP 제어번호: CIP 2016001924)

· 잘못 만든 책은 구입하신 서점에서 바꾸어 드립니다.
· 천개의바람은 환경을 위해 콩기름 잉크를 사용합니다.

제조자 천개의바람 **제조국** 대한민국 **사용연령** 11세 이상